La fleur de l'ombre

Isabelle MOROT-SIR

Du même auteur

Aux éditions Publibook

À l'aube du soleil vert, 2003
La Fleur bleue, 2004
Attention ! Un train peut en cacher un autre, 2005
El Matador, 2005
De lettres en lettres… Année 1912, 2006
Journal personnel et intime d'une nouvelle Zingara, 2007
El Matador 2, 2013
La Citadelle des Dragons, 2014
Le journal de Lorelei, 2014
El Matador 3, 2015
De lettres en lettres… année 1925, 2015
La fleur de l'ombre, 2016

Éditions Indépendantes

Une histoire de coquelicot, 2017
La citadelle dans la montagne, 2017
Les carnets de Lou-Anne 1 : La Louve, 2017
El Matador 4 : Milestone, 2018

Isabelle MOROT-SIR

La fleur de l'ombre

L'amour a son instinct, il sait trouver le chemin
du cœur comme le plus faible insecte marche
à sa fleur avec une irrésistible volonté qui ne
s'épouvante de rien.

Honoré de Balzac

Chapitre 1

Elle appuya le front contre la vitre, sans pour autant ressentir la fraîcheur presque saisissante du verre contre sa peau, sans même remarquer l'éveil luxuriant des jardins en ce début de printemps.

Ses pensées toutes entières tournées vers sa situation présente, elle ne voyait rien hors de son désarroi. Ne percevait plus rien, hors d'amères images qui tournant en boucle, lui revenaient en un leitmotiv sans fin. Une mèche, échappée de sa longue tresse réglementaire, vint lui chatouiller le visage. Elle la repoussa presque rageusement. Comment avait-elle pu être aussi naïve ? Comment avait-elle pu croire cette rumeur, cette légende urbaine qui voulait que seules les blondes soient sélectionnées ? Elle qui se targuait d'être plus intelligente que ses comparses s'était montrée bien plus idiote ! Comment en ce cas expliquer la grande diversité de la population ? Si les Mères étaient toutes blondes le peuple le serait lui aussi ! La logique la frappa une fois de plus. Elle se mordit la lèvre en réprimant un sanglot de peur et de rage. Elle ne savait plus au juste quelle émotion primait sur l'autre.

Elle avait été si puérile de croire que seule sa lourde chevelure couleur châtain pouvait la préserver. Comment avait-elle pu imaginer qu'elle pourrait si aisément vivre et réaliser ses rêves ? Il était évident que le Devoir qu'elle avait envers la Patrie la rattraperait. C'est bel et bien ce qui était survenu hier.

Elle gémit sans même s'en rendre compte. Hier. Ce n'était qu'hier... Des siècles semblaient s'être écoulés. Hier encore elle était une élève comme une autre, en jupe sage et chemisier blanc et aujourd'hui… Aujourd'hui elle portait sur ses frêles épaules la reconnaissance du peuple entier, en même temps que ce titre. Aujourd'hui elle était tout, elle faisait partie du pinacle de ses femmes adulées, vénérées, révérées par toute la nation : elle était une Mère de la Patrie. Aujourd'hui cependant elle n'était plus rien, elle étouffait. Où était passée Tamara l'adolescente enjouée, qui voyait son Destin écrit dans les pierres de l'Université d'architecture ? Où était-elle ? Elle qui se voyait ériger des monuments ? Elle retint un rire cynique. Elle ne construirait jamais aucune demeure aussi modeste qu'elle soit, elle ne serait qu'un ventre, pondant inlassablement des enfants qui grossiraient le flot du peuple.

À l'idée du futur qui l'attendait, elle se mit à trembler, de plus en plus fort, frappant dans la même cadence son front contre la vitre. Presque aussitôt deux infirmières surgirent dans sa chambre, alertées par ses battements cardiaques bien trop élevés.

Avec fermeté et douceur elles lui prirent les mains, la faisant s'asseoir sur un canapé en velours beige. Elles avaient l'habitude des réactions des nouvelles, bien que cette dernière semblât particulièrement rebelle.

— Allons ma chérie, calme-toi, dit l'une des femmes, tandis que l'autre partit dans la salle de bains attenante, revenait avec un gant qu'elle avait humidifié. Elle le lui posa avec délicatesse sur le front, tout en caressant ses cheveux.

—Ne te mets pas dans cet état, voyons ! Tu es surprise, mais tu verras, tu t'accoutumeras et avec le temps tu seras heureuse ici.

Le cœur de Tamara battait à tout rompre. Le sang cognait si brutalement à ses tempes qu'elle en avait la nausée, tandis que son esprit se révoltait en un vain combat. Jamais elle ne s'habituerait à ça !

Cependant en seulement quelques heures, elle avait mûri et pris en expérience. Elle savait qu'il ne servirait à rien de tempêter, ou vouloir s'enfuir. Elle avait déjà tenté ce registre et le résultat avait été confondant d'inefficacité. Elle ne repoussa donc pas les infirmières. Elle baissa la tête en refoulant son envie irrépressible de les frapper, serra les dents et s'efforça de dompter ses pulsations cardiaques. Elle s'y prendrait autrement afin d'échapper à ce sort qui semblait vouloir être le sien. Elle ne deviendrait en aucun cas l'une de ces replètes femmes, bonnes qu'à n'être que le réceptacle de la semence d'hommes, aussi âprement sélectionnés qu'elles.

Elle qui se rêvait une vie d'aventurière, d'érudite, de constructeur et architecte révolutionnaire, elle qui pensait un jour rencontrer un homme et peut-être tomber amoureuse, elle n'aurait rien de tout cela. Un mot, prononcé solennellement hier matin lors de la cérémonie de la fête des Mères, avait en un instant balayé tout cet avenir. Hier elle avait eu 16 ans. Comme tous les enfants de la patrie, elle avait été suivie, étudiée, notifiée durant toute son enfance afin de pouvoir l'orienter vers la place qui lui conviendrait le mieux, où elle serait le plus efficace à la Nation. Tamara n'en avait jamais douté : avec ses excellentes notations scolaires elle serait naturellement orientée vers l'Université. Comme tous les érudits. Elle n'avait pas imaginé autre chose, c'est pourquoi elle s'était mise en ligne parmi la foule de ses camarades, le cœur serein. Si sûre d'elle. Trop sûre bien évidemment.

La représentante régionale des Mères était là, comme chaque année, venue prendre possession de son cheptel de ventres. Intérieurement Tamara se moquait de celles qui étaient retenues. Des pondeuses, voilà tout ce qu'elles seraient ! Les idiotes semblaient même heureuses.

Lorsque la représentante, sa liste dûment en main, avait égrené un à un les noms des futures Mères, Tamara ricanait encore en observant les réactions excitées de ses compagnes. Elle vit la déception se peindre sur le visage lisse de Janie, lorsque celle-ci comprit qu'elle ne ferait pas partie des heureuses retenues. Tamara faillit éclater de rire de sa déconvenue. Elle se retint néanmoins, tout en tournicotant entre ses doigts une mèche folle, peu attentive à la solennité du moment. Elle ne réalisa que son nom venait de retentir dans le silence de la cour, qu'en voyant les autres filles se retourner vers elle en s'exclamant à demi. Effarée, elle les dévisagea avec effroi et incompréhension. Ce ne pouvait être possible, son avenir n'était pas là !

La représentante referma son carnet dans un geste sec, englobant d'un regard satisfait la foule bleu marine et blanc des jeunes filles. Tamara se redressa et s'écria :

— C'est une erreur ! Madame !

Se penchant à nouveau vers le micro sans déranger l'ordonnance parfaite de son chignon, la représentante fit d'une voix qui semblait n'avoir qu'une seule tonalité, celle de la droiture et de l'efficacité :

— Que dis-tu mon enfant ?

Jouant des coudes, Tamara se fraya un passage jusqu'au pied de la tribune, où se trouvait tout en apparat l'ensemble des professeurs en sus de la représentante des Mères. Essoufflée et rouge, elle répéta d'un ton presque strident, reflet de sa peur grandissante.

—Madame, je vous prie de m'excuser mais c'est certainement une erreur... Je ne peux être prévue pour être Mère.

La Représentante leva un sourcil étonné tout en renvoyant un sourire rassurant à la jeune adolescente :

— Rassure-toi mon enfant, il n'y a pas d'erreur possible. L'honneur insigne d'être l'une des Mères t'échoit bel et bien.

Tamara blêmit tandis que sa voix montait d'un cran dans les aiguës :

— Madame vous ne comprenez pas ! Je ne veux pas être Mère ! Donnez cette place à Janie, elle sera parfaite. Mais pas moi.

La Représentante jeta un vif coup d'œil à sa liste, avant de répondre :

—Tu es Tamara n'est-ce pas ? Ton génotype est exceptionnel, tu seras une Mère idéale. Va te préparer et dire au revoir à tes camarades. Nous partons dans une heure.

Elle tourna les talons, laissant là Tamara hébétée. Ses camarades la félicitèrent avec plus ou moins d'hypocrisie et de jalousie. Tamara les repoussa sans même les voir, courant de plus en plus vite vers le bâtiment des dortoirs. Elle grimpa quatre à quatre les escaliers, le cœur battant follement, si affolée qu'elle ne voyait plus rien, ses pensées incapables de se fixer plus loin que sa terreur. Elle claqua derrière elle la porte de son dortoir, désert à cette heure. Elle se précipita vers son lit surmonté de son armoire, puis sans même réfléchir, mue par son seul instinct elle ôta en tremblant sa jupe bleu marine et enfila son short de sport avant de passer ses baskets. Une fois fait elle ouvrit la fenêtre donnant trois étages plus bas sur la cour de l'École. Elle enjamba le rebord et posa un pied étonnamment ferme sur la corniche qui faisait le tour du bâtiment.

Être la première en sport, cela devait bien servir un jour ou l'autre, songea-t-elle afin de se donner du courage. Elle progressa souplement le long de la façade, le regard fixé vers le lointain, apercevant là-bas dans une banlieue éloignée de la ville, les fumerolles de l'usine d'armement qui s'épanchaient lascivement dans le ciel voilé de brumes. Les mille bruits de la ville montaient vers elle en une cascade presque étourdissante : crissements des tramways automatiques, klaxons et feulements feutrés des voitures électriques, interpellations hâtives des piétons, grondement sourd du chemin de fer qui traversait la ville dans un panache noir. Ombres sombres des zeppelins qui survolaient mollement la cité, baleines aériennes et silencieuses.

Elle parvint assez aisément jusqu'au coin du bâtiment, là elle tourna à l'angle apercevant alors le toit plat de la cantine juste quelques mètres plus bas. Son sang battit un peu plus fort, mais bah ce n'était pas le moment d'hésiter, après tout que pouvait-il lui arriver de pire qui ne lui était survenu ?

Sans plus ni réfléchir ni tergiverser, elle sauta, se réceptionnant dans un roulé-boulé parfait qui aurait fait la fierté de sa professeur de sport. Elle se remit cependant aussitôt debout et courut jusqu'à l'autre bout du toit, là où la façade du bâtiment faisait aussi partie intégrante du mur d'enceinte.

Une fois-là elle scruta la ruelle, peu passante, attendit quelques secondes qu'il n'y ait aucune voiture ou promeneur et s'élança sur le trottoir, situé trois mètres en dessous. Elle atterrit avec un léger choc sur les mains et les pieds, cependant bien amorti, ce qui lui permit de se redresser aussitôt et de traverser la rue en courant. Elle continua sa course au petit bonheur, enfilant rues et ruelles, sans néanmoins bien savoir où elle était, où elle allait. Pour l'instant toutefois peu lui importait, seul comptait de mettre le maximum de distance entre la représentante des Mères et elle-même !

Elle ne saurait jamais combien de temps exactement dura sa folle évasion, des heures ? Quelques minutes à peine ? Elle fut cependant abruptement interrompue par une voiture de police qui la faucha presque. Deux policiers en jaillirent qui la stoppèrent brutalement, l'immobilisant violemment à terre, une main rabattue dans le dos, la faisant crier de peur et de douleur.

Sa fuite éperdue se termina là. Ni ses hurlements, ni ses protestations ne changèrent quoi que ce soit. Comme d'autres de ses camarades elle se retrouva à l'arrière d'un minibus sombre, aux vitres fumées, emportée par la puissance silencieuse d'un moteur électrique, vers une destination inconnue et une destinée trop certaine.

Chapitre 2

Elle n'était que depuis quelques heures dans le sompteux manoir où elle était assignée en tant que Mère de la Patrie, qu'elle en détestait déjà toutes les facettes. Sa chambre avait beau être vaste, sompteusement meublée, avec ô luxe une salle de bains attenante dédiée à son usage seule, qu'elle la haïssait. Elle avait si ardemment souhaité avoir un jour un espace qui ne serait qu'à elle, à présent que ce souhait se réalisait, elle regrettait le dortoir bruyant de l'École. Tout ici n'était que calme paisible et feutré, douceur et attention. La vue depuis l'immense fenêtre de sa chambre était reposante, englobant les massifs verdoyants du parc qui entourait le manoir. Seuls les barreaux qui l'encadraient solidement, rappelaient qu'elle n'était pas là pour son plaisir. Pour ce qu'elle avait pu voir, c'était le cas de toutes les fenêtres du Manoir. Sans doute d'autres avant elle, n'avaient pas accepté cette vie et peut-être avaient-elles préféré en finir en se défenestrant. À cette pensée elle frissonna, songeant au désespoir qui les avait conduites à cette ultime alternative.

Elle était à nouveau seule, les infirmières l'ayant laissée se reposer, remettre de l'ordre dans ses idées et accepter sa destinée.

Pensivement son regard fit le tour de la pièce, au confort d'un hôtel luxueux avec sa moquette en douce laine beige, ses fauteuils profonds qui encadraient une cheminée au sobre ventail en marbre bleu, son lit immense recouvert de draps, couvertures et coussins tout en tons bruns et écrus. Aucune fausse note, ni dans les rideaux en velours taupe, ni dans la tapisserie couleur lin, tout était conçu pour créer une ambiance sereine, paisible, un cocon douillet et protecteur.

Elle soupira d'impuissance, tout en frottant machinalement son avant-bras gauche, là où un médecin lui avait implanté une puce électronique chargée d'analyser et d'enregistrer toutes ses constantes : son rythme cardiaque, sa formule sanguine, ses taux hormonaux. Ainsi les médecins connaissaient à tout instant son état de santé, tant physique que mentale, ainsi que l'évolution de son cyclique ovarien. Ils pourraient donc maximaliser ses chances de fécondation au moment le plus optimal en lui présentant un donneur, comme on nommait les hommes sélectionnés pour leur génome idéal.

Elle frissonna irrépressiblement à cette pensée, se sentant bien malheureusement dans la peau d'une vache qu'on mènerait au taureau. Comment changer cela ? Elle avait beau tourner et retourner le problème elle n'y voyait pour le moment, aucune solution.

Les jours suivants elle les passa à découvrir le cadre de sa nouvelle vie, visitant le manoir en compagnie de deux autres nouvelles Mères, comme elle, qui ne provenaient toutefois pas de la même École. Elles semblaient moins perdues que Tamara, plutôt fières même, d'avoir été choisies. En tout cas elles ne comprenaient ni ne partageaient aucunement ses angoisses ! Elles se coulaient avec facilité dans leur nouvelle vie, papotant avec curiosité avec les autres Mères, admirant leurs ventres ronds, s'extasiant sur les innombrables photos des chérubins enfantés ici, rêvant peut-être à détrôner Sarah la Mère des Mères avec ses vingt-sept grossesses et ses soixante-neuf enfants... Cela ne faisant que terroriser un peu plus Tamara.

Après la découverte du manoir, du parc et de sa roseraie, elles eurent toutes trois droit à plusieurs cours sur la sexualité, la fécondation et les divers stades de la grossesse, le tout présenté sur un mode amical et bon enfant, qui ne fit qu'augmenter les peurs de l'adolescente. Que faisait-elle ici ? Par le grand Confucius, rien de tout ça ne pouvait être vrai !

Était-ce un cauchemar ? Était-elle la seule à être lucide quant à l'énormité de tout cela ? Les discours apaisants sur la suppression de l'individualité au profit de la communauté, sur les résultats prodigieux du programme national de fécondité dans l'optimisation de la recherche génétique et la suppression du modèle passéiste de la cellule familiale pour celui des plus aptes à créer un peuple fort, avec des individus débarrassés des maladies ou tares génétiques, gagnant ainsi en santé et robustesse. C'était une propagande qui l'avait bercée depuis toujours, à laquelle elle n'avait jusque-là accordé qu'une oreille distraite, mais qui prenait à présent tout son sens.

Elle avait été examinée sous tous les angles par les divers médecins et généticiens rattachés au manoir, faisant naître quelques réflexions quant à sa taille, trop modeste ; son poids, insuffisant il faudrait qu'elle grossisse ; ses réflexes, excellents ; sa santé, optimale et sa capacité visuelle hors norme, ce qui semblait rattraper les points jugés négatifs. Les lèvres serrées sur une colère perpétuelle, elle ne s'imaginait plus que dans le rôle d'une génisse, palpée et soupesée de tous côtés...

Les premières semaines après son arrivée, furent cependant tranquillement consacrées à son intégration, ainsi qu'à la recherche active de son futur donneur, ce qu'elle préférait ignorer. Elle, elle les passa à arpenter le parc à la recherche d'une possibilité d'évasion. Le chef de la section armée, chargé de la protection du manoir, l'observait avec goguenardise, avant de l'interpeller au détour d'un massif exubérant :

— Alors petite, que cherches-tu ? Si c'est un moyen de faire la fille de l'air, le plus simple c'est de grimper au lierre là-bas qui monte sur le mur d'enceinte…

Tamara, ainsi interpellée, se retourna avec vivacité tout en fixant son interlocuteur d'un regard furieux. Elle releva crânement le menton tout en lançant sans pouvoir s'en empêcher :

— J'ai déjà essayé en passant par un mur, ce n'est sûrement pas le plus efficace ! Je prendrai une autre option la prochaine fois.

En une foulée l'officier fut sur elle, la saisissant à la nuque d'une main de fer, tout en approchant son visage du sien à le toucher. Il chuchota d'une voix glaciale :

— Oublie tout de suite ce genre de projets, je sais en permanence où tu es et ce que tu fais. Tu n'auras pas fait un pas en dehors de ce manoir que je t'arrêterai. Crois-moi sur parole. Apprends à vivre ici c'est le mieux que tu aies à faire.

Elle soutint son regard acéré, mettant toute sa volonté pour ne pas s'enfuir et dévoiler sa peur. Il la relâcha tout en faisant à mi-voix :

— Tu peux jouer à la rebelle tant que tu veux, je suis derrière chacun de tes pas. N'oublie pas ça ma p'tite.

Puis il tourna les talons la laissant là, tremblante, décomposée. Elle suivit sa silhouette martialement sanglée dans son treillis noir, aux armes des Mères de la

Patrie, absolument persuadée de la véracité de chacune de ses paroles. Elle le détesta pour ça. La puce implantée dans son bras était un mouchard idéal, qui telle une balise la localisait en permanence : bien entendu les gardes l'utilisaient. Allait-elle pour autant se résigner à son sort ? Certainement pas ! Comme le dicton le proclame : Ce n'est pas parce qu'une chose est difficile qu'elle est impossible.

Elle haussa les épaules et repoussa d'une main ses longs cheveux couleur d'automne, qu'elle n'était plus contrainte d'attacher en tresse, la coiffure réglementaire des écolières. Elle n'était plus une écolière...

Le soleil caressa son visage tendu, en une sorte de frôlement doucement apaisant, rasserénant. Elle trouverait un moyen, si ce n'était aujourd'hui ou demain, elle trouverait. Sa vie ne s'écoulerait pas au rythme d'une grossesse annuelle. Certainement pas !

Chapitre 3

Un matin elle fut réveillée par une infirmière, qui tirant brusquement les lourds rideaux de la fenêtre, fit entrer brusquement les premiers rayons d'un soleil printanier. Tamara se redressa à demi, en grommelant, lorsque l'infirmière s'exclama d'une voix allègre :

— Ce matin tu prendras ta collation dans ta chambre. Tu ne descendras pas dans la salle à manger, et après une bonne douche tu mettras ceci, dit-elle tout en posant au pied du lit une somptueuse robe blanche.

Blanche bien évidemment, le blanc symbole de pureté était la seule couleur portée par les Mères. Le cœur de l'adolescente fit un bond. Ainsi ça y était. Un donneur avait été trouvé.

Elle blêmit et se recroquevilla sous ses couvertures.

— Et si je refuse ?

L'infirmière se pencha vers elle avec un sourire apaisant.

— Tu es effrayée, c'est normal ma chérie, mais tout ira bien. Personne ne te fera de mal.

Tamara ne se sentit en aucun cas rassurée, bien au contraire ! Elle resserra ses bras autour d'elle, dérisoire bouclier, tout en tremblant de colère et d'impuissance.

— Veux-tu que je te fasse un calmant ? proposa l'infirmière tout en sortant de l'une de ses poches, une seringue emplie d'un liquide pâle.

Tamara fixa la seringue, se décomposant un peu plus, tout en secouant négativement la tête. L'infirmière lui caressa doucement les cheveux en susurrant :

— Eh bien alors debout ma belle, c'est un grand jour pour toi.

Comme la jeune fille ne faisait pas mine de bouger d'un millimètre, elle ajouta d'un ton moins amène :

— Veux-tu que les gardes viennent ? Je n'aurai plus qu'à te faire ce calmant et tout ira au mieux...

Tamara frémit, se rappelant trop bien de la brutalité du chef de l'escouade, chargée de la protection des Mères. À contrecœur elle repoussa ses couvertures et se mit debout en chancelant. Elle se dirigea d'un pas mal assuré vers la salle de bains, le cœur battant la chamade, les pensées en déroutes, ne sachant plus que faire. Quelle échappatoire avait-elle ? Elle se lava longuement, faisant durer ce moment comme si elle pouvait l'étirer à jamais, qu'il n'y eut pas de suite. En aucun cas.

Cependant l'infirmière veillait au grain. Elle la sortit presque manu militari de son bain. Elle avait dû au cours de sa carrière, rencontrer nombre de jeunes filles toutes aussi récalcitrantes que Tamara. Armée d'un drap de bain elle la sécha vigoureusement de la tête aux pieds avant de lui passer la robe blanche, faite à ses mesures. Puis elle la fit s'asseoir sur le confortable canapé de sa chambre, où elle entreprit de lui brosser minutieusement ses longs cheveux châtains, dont mille nuances dorées se reflétaient dans la tiédeur timide du soleil.

— Tu as des cheveux magnifiques ma fille, c'est l'un de tes atouts.

Le compliment glissa sur la surface tourbillonnante des pensées de Tamara, qui n'était plus qu'une poupée privée de volonté. L'infirmière paracheva son travail en nattant deux fines tresses de part et d'autre de son visage. Elle laissa le reste de la chevelure de l'adolescente, cascader sur ses épaules. Elle arrangea encore un peu le décolleté de la robe, censé mettre en valeur la mince poitrine de la jeune fille. Elle lui renvoya alors un sourire satisfait :

— Tu es parfaite ma chérie.

Elle se redressa tout en faisant signe de sortir à la femme de chambre venue changer les draps et remettre de l'ordre dans la chambre. Elles partirent, laissant Tamara seule, pétrifiée sur le sofa en velours. Elle n'avait aucune possibilité de se soustraire à son sort, pas plus que le bétail conduit à l'abattoir.

Les minutes s'égrenaient lentement, comptées une à une par l'horloge posée sur la cheminée. Tamara se prit à respirer un peu plus librement. Après tout il se pouvait cent possibilités pour que rien ne survienne aujourd'hui et qu'elle puisse bénéficier de quelques semaines de plus afin d'imaginer un projet d'évasion.

Attrapant son carnet à dessins, rangé sur les étagères derrière elle, elle le feuilleta, trouva facilement la page où elle avait dressé un plan du manoir et du parc, elle entreprit de le peaufiner tout en réfléchissant posément. Mâchonnant son crayon, trop prise par ses pensées elle n'entendit pas la porte de la chambre s'ouvrir, pas plus qu'elle ne fit attention aux pas qui s'approchaient d'elle, assourdis par l'épaisse moquette. Soudain une lourde paire de rangers méticuleusement cirés apparut à la périphérie de son regard. Elle sursauta de surprise et d'effroi, laissant tomber son carnet sur le sol.

Chapitre 4

Lentement elle releva la tête, remontant graduellement au long de la silhouette qui lui faisait face. Après les rangers elle découvrit un treillis sobrement camouflé, au pantalon et veste assortis tout aussi strictement impeccables que les rangers. Elle déglutit avec peine. L'homme qui se tenait devant elle était immense. Un colosse aux épaules démesurées, dont la tête touchait presque le lustre aux pampilles en cristal, qui pendait depuis le plafond à la française. Le sang battant à ses tempes, elle le dévisagea avec panique. Elle faillit crier de peur à la vue des tatouages qui recouvraient la moitié gauche de son visage, se perdant d'une part dans son cou musculeux et d'une autre sous le béret noir qui cachait sobrement son crâne rasé. Les traits de son visage à droite, ne valaient guère mieux, une cicatrice blanchâtre lui barrant l'œil et la pommette. Il la considéra de toute sa hauteur, lui renvoyant un regard glacé ce qui n'était pas difficile, au vu de la tonalité gris acier de ses yeux !

Étonnamment il ne semblait pas plus heureux qu'elle-même de la situation. Il la dévisagea, son regard perdant peu à peu de sa dureté. S'était-il attendu à découvrir une adolescente, presque une enfant encore, dans le rôle révéré de Mère, certes pas.

Il s'avança d'un pas, tout en faisant d'une voix qu'il s'efforça d'adoucir.

— Sergent Liam Mawr, Forces Spéciales.

Elle écarquilla ses immenses yeux verts, pailletés d'or, les lèvres tremblantes. La peur était sa compagne de chaque jour, il savait la reconnaître où qu'elle soit. Il soupira à la fois apitoyé et agacé par l'attitude de la jeune fille. Il fit un pas de plus vers elle, mais celle-ci bondit derrière le canapé avec une promptitude et une souplesse surprenante. Elle chercha d'un œil hagard par où elle pourrait bien s'enfuir. La porte était trop loin. La fenêtre aussi condamnée que celle d'un cachot. Elle se rencogna contre le mur, terrifiée. Sa main rencontra par inadvertance un vase posé sur les étagères. Dans sa panique elle le fit tomber sans y prendre garde. Avec un bruit sec il se brisa sur la moquette. Acculée, Tamara sut qu'elle n'avait aucun autre choix. Elle saisit brusquement l'un des tessons et le posa sur la peau fine de son poignet, tout en jetant dans un souffle :

— Allez-vous-en ! Partez ou je me tranche les veines !

Sans même une fraction de réflexion ou d'hésitation, l'esprit et le corps rompu à l'action, le gigantesque soldat sauta par-dessus le sofa et saisit la jeune fille par le bras. Elle hurla, se débattit tout en appuyant le tesson de toutes ses forces sur sa peau. S'il n'y avait pas d'autre manière d'échapper à son sort, celle-ci en valait peut-être une autre... Du moins c'est ce qu'elle pensa dans son désespoir.

Le sang jaillit aussitôt, faisant naître un sourire hésitant sur le visage de Tamara, alors que le sergent laissait échapper quelques jurons. Posant brutalement l'une de ses mains sur la coupure, afin sans doute d'endiguer le saignement, il attrapa la jeune fille de son autre bras. La soulevant avec une facilité déconcertante, il l'emporta vers la salle de bains. Ses gesticulations ne servirent à rien. Il la reposa au sol, devant la vasque en verre du lavabo. La maintenant d'une poigne inébranlable, il ouvrit le robinet lui plaçant d'autorité le poignet sous l'eau froide. Le contact de l'eau la fit gémir de douleur, tout comme son énorme main qui semblait lui broyer les os. Sans se préoccuper de ses plaintes, il attrapa une serviette puis retirant son bras de l'eau, il l'enveloppa avec une étonnante douceur dans l'essuie-main.

Avec fermeté, tout en maintenant son poignet soigneusement enveloppé, il la fit s'asseoir sur la méridienne qui se trouvait là, entre l'imposante baignoire et les vasques. Il s'accroupit face à elle, cherchant à capter son regard :

— Pourquoi as-tu fait une chose aussi stupide ?

Elle baissa la tête, essayant sans y parvenir, de se soustraire à son regard. Elle lâcha dans un sanglot :

— Je ne veux pas être une Mère...

Il souleva son menton d'une main rude, l'obligeant à plonger ses yeux dans les siens.

— Sais-tu ce que deviennent celles qui ne sont pas jugées aptes à assumer leur rôle de mère ? Le sais-tu seulement ?

Tendant l'oreille, il s'interrompit une fraction de seconde, avant de se pencher vers la jeune fille.

— Surtout ne dis rien, les voici qui arrivent...

À ce même moment la porte de la chambre s'ouvrit sur l'infirmière, escortée d'un garde en uniforme noire. Le sergent vint à leur rencontre, tout en faisant avec naturel :

— Tout va bien Miss, elle a juste été surprise par mon apparence, sans doute ne s'attendait-elle pas à voir un Commando. Elle a renversé un vase et s'est légèrement entaillé. Une éraflure à peine.

L'infirmière hocha la tête, mais s'avança néanmoins dans la salle de bains. Elle aperçut alors Tamara, aussi pâle qu'une morte, serrant sur son poignet une serviette tachée de sang.

— Ça va ? Veux-tu me montrer cette coupure ?

L'adolescente appuya un peu plus sa main sur la serviette, tout en faisant d'une voix hachée :

— Non c'est inutile, ce n'est rien du tout.

Le sergent ajouta alors :

— Ça lui a fait un choc, c'est tout...

L'infirmière le considéra un instant, avant d'acquiescer :

— C'est certain. Bon si vous avez besoin de quoi que ce soit, je ne suis pas loin.

Une minute plus tard, Tamara se retrouvait à nouveau seule face au soldat. Ce dernier ouvrit plusieurs tiroirs de la commode placée sous les lavabos, avant de trouver un tee-shirt blanc, qu'il déchira d'un seul geste, en une longue bandelette. Il ôta la serviette pleine de sang du poignet de la jeune fille, puis posa adroitement son bandage improvisé, avec des gestes très doux. Il finit en le nouant avec un nœud plat. Non moins délicatement il la prit par un coude, en murmurant :

— Allez viens, tu es glacée, ne reste pas là.

Quelques minutes après, elle était installée sur le sofa en velours, blottie sous une couverture en laine écrue, tandis qu'il allumait un feu dans la cheminée. Bientôt les bûches bien sèches crépitèrent joyeusement dans l'âtre.

Il tisonna inutilement le feu, avant de se tourner vers elle en disant :

— Pourquoi un tel geste ? Peux-tu me dire ?

Elle le considéra une seconde, puis balbutia :

— Je ne veux pas être une Mère…

S'agenouillant en face d'elle, il secoua la tête :

— Et tu n'as rien trouvé de mieux que le suicide ?

Elle releva furieusement la tête en sifflant :

— Si. J'ai essayé de m'enfuir. Ça n'a pas marché.

— D'accord. Mais as-tu envisagé qu'il puisse exister des sorts pires que d'être une Mère de la Patrie ?

Elle s'apprêtait à protester, toutefois il l'empêcha d'un seul regard.

— Laisse-moi poursuivre, s'il te plaît. Dehors c'est la guerre, certes elle n'est encore qu'aux frontières, mais nombre de gens pâtissent grandement de l'effort qu'il y a à fournir pour justement la garder dans ces limites. Crois-tu sincèrement que quiconque gardera ainsi confortablement choyé, une personne qui ne servira pas la Nation ? Alors je répète ma question, que crois-tu que deviennent celles qui ne sont plus jugées aptes à être mère ?

L'adolescente le dévisagea de ses yeux verts, effrayés.

— Je… Je ne sais pas…

— Eh bien il serait temps que tu le saches ! Elles sont évincées du programme et se retrouvent sans but ni métier, contraintes pour survivre de vendre leur corps dans les plus infâmes bouges qui fleurissent près des cantonnements militaires. Est-ce l'avenir dont tu rêves ?

La jeune fille pâlit, tandis qu'une onde de terreur traversait son regard clair. Il reprit d'un ton plus froid :

— Bien sûr que non ! Alors réfléchis et dis-toi que je ne suis pas le pire des donneurs que tu aies eu.

Soudain, comme une pluie d'été trop longtemps contenue, des larmes de rage, frustration et peur, toutes ensembles mêlées, ruisselèrent sur les joues blêmes de Tamara. Elle se redressa brusquement, repoussa la couverture tout en se mettant debout afin de faire face au soldat. Les larmes coulant dans son cou sans qu'elle y fasse attention. D'une voix furieuse, elle s'écria :

— Vous ne comprenez rien ! Cela n'a rien à voir avec vous ! Il y a un mois j'étais encore une lycéenne en jupe bleu marine. Où croyez-vous que j'aurais pêché vos donneurs ? Que croyez-vous donc ? Que c'est un jeu ? Je ne veux en aucun cas être Mère ! Je veux juste être Architecte...

Sa voix se brisant sur les derniers mots, elle ajouta :

— Je ne veux pas être ici...

Lentement il se mit debout, la dominant de sa taille hors norme. Délicatement il passa une main sur sa joue, une main rude plus habituée à manier un fusil automatique qu'à caresser une femme, essuyant cependant ses larmes en un geste presque tendre.

— Ne pleure pas, j'ignorai... Je pensai... Enfin peu importe. Excuse-moi.

Chapitre 5

Tournant les talons, il sortit brusquement de la chambre, laissant là une Tamara effarée. Il grimpa deux à deux les marches de l'escalier en marbre qui menait à l'étage des bureaux du personnel, trouva presque aussitôt celui de la directrice, et entra sans frapper. Celle-ci sursauta, avant de lui jeter d'un ton cassant :

— Qui vous a permis !

En deux enjambées il fut devant son bureau, dardant sur elle un regard glacial, il s'exclama d'un même ton :

— Je m'en suis octroyé moi-même la permission. J'estime avoir droit à quelques explications. Pourquoi ne pas m'avoir précisé l'âge et l'histoire de cette jeune fille ?

La directrice se redressa, tout en soutenant le regard du sergent :

— Qui êtes-vous donc ? Ah oui le donneur de la p'tite Tamara... Mais enfin que dites-vous, peu importe son âge ! Elle a celui d'être mère et c'est tout ce que vous devez savoir ! De plus vous devriez vous estimer heureux, elle est justement jeune et ravissante. Vous eussiez pu tomber plus mal il me semble !

— Mais... Là n'est pas la question, c'est une enfant !

— Ne soyez pas stupide, elle a seize ans comme toutes les nouvelles Mères. De toute façon ni vous ni elle, n'êtes là pour votre plaisir, mais pour le bien de la Patrie. Alors cessez de me faire perdre mon temps et tâchez de faire votre devoir. Ce n'est tout de même pas aussi insurmontable que cela ! Tout ce que nous vous demandons c'est d'être délicat et efficace. Rien de plus.

Elle se rassit, ajusta ses lunettes avant de se replonger dans ses dossiers, sans plus lui accorder la moindre importance. Sans même relever la tête, elle ajouta au bout de quelques secondes :

— Vous savez ce que vous encourez pour insubordination n'est-ce pas ?

Malgré lui, un frisson de peur remonta le long de son échine. Il lâcha :

— Oui Madame je le sais.

— Votre obstination ne déviera pas son destin pour autant. J'ai une liste de centaines de donneurs potentiels, dans moins d'une heure elle en aura un autre, qui sera certainement moins scrupuleux que vous. Vous voulez la protéger ? C'est honorable, mais la meilleure des manières c'est encore de faire votre devoir.

Lentement il se redressa, avant de hocher la tête.

— Oui Madame.

Les dents serrées sur une colère impuissante, il salua la directrice avant de regagner le couloir. Comme toujours il serait obligé de suivre des ordres insensés, au milieu desquels il n'était qu'un pion. Il serra les poings, regrettant brusquement de n'avoir personne sur qui taper. La guerre avait cela de bon qu'elle offrait nombre d'ennemis sur lesquels passer sa rage. Il respira plusieurs fois profondément afin de reprendre le contrôle. Ce n'est qu'une fois calmé qu'il descendit l'escalier et retourna trouver Tamara.

Lorsqu'il entra à nouveau dans sa chambre, elle avait troqué sa robe légèrement tachée de sang, contre un long tee-shirt blanc. Elle défaisait avec application les fines tresses de ses cheveux tout en chantonnant. Elle tressaillit en l'apercevant. Elle ne s'attendait pas à le revoir, certainement. Ainsi vêtue, elle semblait encore plus jeune. Son regard vert se voila. Elle recula d'un pas.

— Vous revoici. Je croyais que vous étiez parti…

En deux enjambées il fut devant elle.

— Je suis désolé Tamara, vraiment, sincèrement mais je n'ai pas plus de choix que toi.

Elle laissa errer son regard sur ses tatouages et ses cicatrices, tout en murmurant d'une voix atone :

— Vous êtes un Commando, on dit qu'ils peuvent résoudre tous les problèmes…

Il secoua la tête.

— Pas celui-là… Et puis « on » dit beaucoup de choses, par exemple que les Mères sont toutes blondes, ce qui n'est pas ton cas il me semble !

— C'est vrai. Mais je ne tiens pas à être une Mère.

— Pas plus que je ne tenais à devenir soldat puis commando figure-toi !

Elle le considéra une seconde avec plus de curiosité que de méfiance.

— Comment ça ?

— Lorsque comme toi j'ai été sélectionné, je rêvais de bien autre chose que de tuer d'autres êtres humains.

Un ton plus bas, il ajouta :

— Je voulais intégrer les Beaux-Arts, j'ai toujours été doué en dessin, mon professeur disait que j'avais un coup d'œil étonnant. Mais vu mes résultats en sport, ma taille bien sûr, je suis devenu soldat… Bon gré mal gré.

Elle le dévisagea avec incrédulité. Un colosse, artiste ? C'était une blague !

—Tu ne me crois pas, bien sûr.

Attrapant alors un crayon qui traînait sur la table basse, il dessina à même la tapisserie, en quelques coups précis, une gerbe irréelle de fleurs.

— C'est un peu bâclé, vite fait.

Stupéfaite, elle le dévisagea d'un œil rond.

— Eh bien ça alors ! C'est magnifique !

Avant d'ajouter avec un sourire hésitant :

— Cela semble si peu vous correspondre…

Il l'engloba de son regard gris qui s'éclaira une seconde, tandis qu'il remarquait :

—Crois-tu vraiment ? Sans doute ne faut-il pas se fier aux seules apparences…

Un sourire vacilla alors sur les lèvres de Tamara, dévoilant ses petites dents blanches, éclairant du même coup son regard vert d'une lueur joyeuse, qui, il le comprit aussitôt, était son vrai naturel. L'espace d'un temps soudainement ralentit, il la vit adolescente enjouée, un brin obstinée, mais brillante, résolument optimiste avec cette naïveté enfantine qui allait de pair avec ses genoux pointus et sa silhouette qui hésitait encore entre l'enfance et la femme qu'elle serait un jour. Dans son tee-shirt blanc trop grand, pieds nus sur la moquette avec ses jambes hâlées trop maigrichonnes de gamine, elle avait raison : elle n'avait rien d'une Mère...

Il lui rendit un sourire bref, qui adoucit toutefois un instant ses traits durs. À ce moment-là la porte s'ouvrit sur une femme de chambre portant un plateau. Elle s'avança dans la pièce sans s'embarrasser de rien. Elle le posa flegmatiquement sur la table basse, veillant à ne renverser ni les tasses ni l'assiette de petits gâteaux.

— Voulez-vous que je serve le thé Mère ?

Tamara la considéra avec stupeur, tout en bafouillant un « non, non » incompréhensible. La servante sembla s'en contenter. Elle disparut en refermant mollement la porte derrière elle. Tamara s'approcha de la table, aussi curieuse et alléchée qu'un chaton. Elle huma avec délice et gourmandise l'arôme délicatement fleuri qui s'exhalait en fine vapeur de la théière. Elle en souleva le couvercle, vérifiant son degré d'infusion, avant de se tourner vers Liam :

— En voulez-vous ?

Il secoua négativement la tête. Elle haussa les épaules, s'agenouilla sur la moquette tout en se versant une tasse, qu'elle porta aussitôt à ses lèvres sans se préoccuper de la température du liquide. Elle se brûla, grogna, fit quelques grimaces, mais continua de siroter son thé. Il la considéra avec une sorte d'attendrissement, se demandant comment il pourrait mener à son terme ce qui était exigé de lui... Elle n'avait rien de ce qui l'attirait ordinairement vers une femme, d'ailleurs elle n'avait rien d'une femme. Relevant la tête tout en rejetant ses cheveux longs d'une geste machinal, elle lui jeta un coup d'œil interrogatif.

— Qu'avez-vous donc ? Êtes-vous sûr de ne pas vouloir de thé ? Il est délicieux. Ils ont rajouté un je-ne-sais-quoi qui lui donne un subtil parfum.

— Non merci, pas de thé. Par contre... Peut-être pourrais-tu commencer par me tutoyer, non ? Dit-il doucement tout en s'asseyant dans l'un des fauteuils club en cuir patiné.

— Oh... Oui... Enfin, bredouilla-t-elle en rosissant, puis après une gorgée de thé, elle ajouta :

— Si vous pensez... Vous croyez...

— Ça facilitera un peu plus disons, les choses, non ?

Elle sembla se concentrer sur son thé, but un peu afin de se donner une contenance, avant de murmurer en fixant le fond à présent vide de la tasse en porcelaine fine.

— Cela doit vraiment avoir lieu, il n'y a nulle alternative ? Ne peut-on faire semblant...

— Je suis si désolé Tamara, mais ta puce enregistre le moindre changement dans tes constantes.

— C'est vrai... Alors si rien ne se passe je serai expédiée dans la rue et vous... toi, en prison, c'est ça ?

— Oui, quelque chose comme ça, admit-il tout en se disant que la prison serait presque enviable par rapport à ce qui l'attendait s'il ne suivait pas les ordres. Toutefois cela n'était ni son affaire, ni sa responsabilité.

Chapitre 6

Elle tenta de le fixer droit dans les yeux, mais déstabilisée par l'asymétrie voulue de son visage, par la dureté de ses yeux gris, elle renonça. Elle se versa une nouvelle tasse de thé, la main légèrement tremblante. Il la considérait sans mot dire, elle ne savait comment interpréter son silence ou son regard. Son visage ainsi divisé en deux par le tatouage le rendait indéchiffrable. Effrayant, au point qu'il lui était presque impossible de savoir quels étaient ses véritables traits. Elle porta la tasse à ses lèvres, prise par un soudain vertige elle en renversa quelques gouttes sur la moquette. Elle laissa fuser une onomatopée peu élégante. Tout à coup elle ressentit une libération. Ses pensées se firent aussi légères qu'une plume, la peur terrifiante qui la maintenait dans un étau glacé, desserra sa prise, elle sentit tous ses nerfs se détendre, un à un. Elle poussa un soupir de bien-être et savoura son thé, en fermant les yeux. Sa peur reflua dans de lointains confins de son esprit. Elle avait envie de rire. Ses pensées devenaient incohérentes pourtant cela lui sembla sans importance. Elle gloussa, finit sa tasse d'un trait avant de la déposer sur la table et de se relever avec une grâce de chat satisfait. Elle s'avança vers le sergent, le fixant sans ciller. Elle approcha sa main du côté gauche de son visage, décrivant du bout des doigts les contours du tatouage mécanique. Elle murmura sans même s'en rendre compte, fascinée malgré elle :

— C'est monstrueux…

C'était vrai. Comme tous les Commando il avait pris soin de se composer un aspect terrifiant à l'aide d'un tatouage qui donnait l'illusion de blessures, de chairs à vifs dignes d'un écorché, semblant dévoiler une ossature robotique faite de plaques en fer, pistons et autres rouages démentiels. A croire que sous son apparence humaine il était un robot ou un androïde... Le trompe-l'œil était terriblement réaliste. Sa pommette semblait découpée et béante, dévoilant non pas un os mais une plaque en fer, tandis que des fils et des vis sortaient de l'apparente plaie. Disparaissant sous son béret noir, une plaque mal rivetée paraissait remplacer sa boîte crânienne, tandis que des déchirures au long de ses mâchoires et son cou, dévoilaient d'autres effroyables compositions mécaniques.

Il frémit imperceptiblement sous sa main, légère comme un frôlement de papillon. Il sourit à demi :

— Il faut être à la hauteur de son propre mythe, non ?

— Pour le coup c'est une réussite totale, dans l'effroyable c'est épatant !

Elle approcha un peu plus son visage du sien, étrangement décontractée et joyeuse. Pris d'un doute il saisit son fin menton d'une main, ce qui lui permit de la fixer dans les yeux. Ses pupilles n'étaient plus que deux trous noirs, immenses, qui semblaient avoir absorbé tout l'iris. Il laissa fuser un chapelet de jurons, tandis qu'elle se dégageait brusquement tout en marmonnant :

— Quoi donc ?

— Ils t'ont droguée...

Elle le considéra sans bien comprendre tandis que ses pensées s'échappaient telles des bulles de savon. Elle maugréa tout en se tournant vers la théière, en faisant mine de se servir une énième fois. Il bondit, lui bloquant le bras et l'empêchant d'achever son geste.

— Arrête ! Ils ont drogué ce thé !

Elle fronça les sourcils, le regarda, regarda la théière et parut réfléchir. Finalement elle lâcha avec un sourire facétieux :

— Je vais en boire encore une tasse, ce sera plus prudent !

Doucement elle desserra l'étreinte de ses doigts sur son bras. Elle se servit à nouveau du thé qui refroidissait, sans cependant ni ciller ni quitter Liam du regard. Une fois fait elle laissa tomber la tasse, sans même y prendre garde. Elle s'avança vers lui posa ses mains sur sa poitrine tout en rejetant la tête en arrière afin de mieux le voir.

— Maintenant j'aimerais que tu m'embrasses comme si tu étais éperdument amoureux de moi.

Son regard gris se troubla un instant, cependant il hocha la tête tout en lui renvoyant un sourire.

— D'accord, on peut essayer ça...

Doucement il passa ses mains dans son dos et l'attira contre lui avant de se plier à demi afin de l'embrasser. Il posa simplement ses lèvres sur les siennes, tout à coup sérieusement bloqué par la situation.

Elle pouffa brusquement, tout en remarquant :

— Eh bien si c'est comme ça que tu embrasses lorsque t'es amoureux on est mal parti !

Il sourit, malgré lui. Puis la saisissant par la taille il la souleva sans effort, sidéré malgré tout par sa légèreté, afin de la poser debout sur le lit. Ainsi leurs visages se trouvaient presque à la même hauteur, ce qui sembla plus pratique. Presque délicatement il passa ses mains dans ses longs cheveux, doux et tellement soyeux, avant de lui prendre la bouche dans un baiser qui n'avait plus rien de mièvre. Elle noua ses bras autour de son cou, emportée au gré d'une houle étrange où plus aucune pensée cohérente n'était de mise. Lentement il laissa ses mains dériver au long de ses hanches, puis remonter sous son tee-shirt, curieux soudain de ressentir toute la tiédeur de son corps.

Il n'y avait toutefois nul miracle à attendre, elle était effroyablement petite voire chétive. Sous ses larges mains il ne trouvait pas les attraits auxquels il était accoutumé. Pas de sein plantureux ou de fesses rebondies ! Si certaines étaient déjà femme à son âge, elle n'était pour l'heure que l'ébauche de ce qu'elle serait un jour. Cependant sa peau était d'une sidérante douceur : il n'en avait encore jamais touché d'aussi exquise et tendre. Cela le troubla. Avec incrédulité il se rendit compte que bien qu'à l'opposé de son idéal féminin, elle ne le laissait pas indifférent. Elle se lova un peu plus contre lui, gémissant imperceptiblement sous la caresse de ses mains. Sa bouche avait un goût de jasmin et ses lèvres étaient aussi tendres que des pétales de rose. Cela aurait pu être pire...

Il lui ôta son tee-shirt, elle lui déboutonna sa veste d'uniforme. Ils se découvrirent lentement et ce fut plutôt de très bon gré qu'ils remplirent leur devoir.

Chapitre 7

Elle s'endormit ensuite, abandonnée contre lui, un sourire inconscient éclairant son visage fin. Ses cheveux s'éparpillaient sur les oreillers et sur l'épaule de Liam, tandis que l'un de ses bras aussi mince qu'une baguette, reposait en travers de son ventre plat et musclé. C'était un fardeau si léger que c'est à peine s'il le sentait. L'une de ses propres mains s'abandonnait sur sa hanche menue, tandis que de l'autre, celle qui prolongeait son tatouage facial dans un même style mécanique et écorché, il dessinait de lentes arabesques sur son épaule nue. Il la contemplait, si confiante entre ses bras, si fragile qu'il aurait pu la briser d'une seule main. Pourtant elle était là, contre lui, comme délivrée de toute peur. Ses cheveux lui chatouillaient le visage, mais il ne bougea pas, ne voulant ni la déranger ni déjà briser ce moment de douceur qui ne pouvait qu'être fugitif. Il respira la fragrance de sa chevelure, appréciant son évanescente odeur sucrée, tout comme il appréciait la finesse délicieuse de sa peau sous ses mains.

Un instant il songea au bonheur que cela pourrait être de la tenir ainsi jour après jour, dans un monde où les amours des hommes ne seraient pas programmés. Il repoussa cette pensée inutile, cette vie ne serait ni pour lui ni pour elle. Il lui restait cependant le présent, et dans cet instant elle était là lovée tout contre lui tel un chaton ronronnant.

Tout à coup la porte s'ouvrit sur l'infirmière qui pénétra dans la chambre, sans plus d'égards que cela, faisant sursauter le sergent et réveillant brutalement Tamara. Il la serra contre lui tout en tirant un drap sur sa nudité, non sans gronder froidement, son regard reflétant de dangereux éclats métalliques :

— Vous ne pouvez pas frapper à la porte comme toute personne ayant deux doigts de bon sens et d'éducation ?

L'infirmière ne daigna même pas relever. Elle répondit simplement d'un ton professionnel :

— Excellente prestation sergent Mawr, mais si je me permets de venir c'est seulement afin de vous rappeler de ne pas vous endormir sur vos lauriers. Vous êtes pour soixante-douze heures avec nous, alors essayez d'être performant !

En même temps elle récupéra la tasse tombée sur la moquette et prit le plateau.

— Souhaitez-vous que je ramène un peu de thé chaud ?

Avec un ensemble parfait, Tamara et Liam bougonnèrent un « non » agacé. La spontanéité de leur semblable réponse les fit aussitôt éclater de rire. L'infirmière sortit avec une visible satisfaction.

Tamara s'étira puis s'agenouilla à côté du corps immense du soldat, en grommelant :

— Une fois ne leur suffit pas !

Il s'accouda afin de la voir plus commodément, tout en retenant un sourire :

— Est-ce si dramatique que ça ?

Elle fronça les sourcils, parut réfléchir avant de murmurer :

— En fait non. C'était bizarre et étrange, mais moins bizarre et étrange qu'escompté.

Il éclata de rire :

— Personne ne m'a encore jamais dit ça avant !

Elle joignit son rire au sien, tout en remarquant :

— Personne n'a dû avoir le courage de te le dire voilà tout !

Puis elle ajouta d'un ton mutin :

— Tu es nettement moins terrifiant lorsque tu ris, il faudrait que tu t'y exerces plus souvent.

Redevant plus sérieuse, elle marmonna :

— Je me demande quels généticiens version savants fous ont pu penser à nous croiser l'un et l'autre. Franchement qu'espèrent-ils ?

— Vu ton caractère et mon physique peut-être veulent-ils créer un super soldat, fit-il avec un sourire en coin.

Elle lui renvoya un coup d'œil partagé entre hilarité et agacement, néanmoins sans y prêter plus d'attention il poursuivit.

— Ce que je me demande surtout c'est où ils pensent que tu caseras ce futur superbébé ? Ton ventre n'est même pas large comme ma main ! Joignant le geste à la parole il posa sa main aux tatouages méca' sur le ventre plat et doux de Tamara. Elle haussa les épaules, déconcertée, mais repoussa ses questions auxquelles elle n'avait pas de réponse, et n'en aurait peut-être jamais. Elle posa sa main, minuscule sur la sienne, tout en lui renvoyant un sourire tremblotant :

— Encore faut-il le faire ce super soldat…

Percevant sa légère inquiétude, il lui renvoya un sourire tranquille, tout en l'attirant contre lui. Avec une sorte de soulagement elle se nicha dans ses bras tandis qu'il murmurait :

— Tu n'as pas à t'en faire, c'est comme… Tiens le vélo, la première fois que tu en fais tu tombes, tu essayes à nouveau et déjà ça va mieux. Au fur et à mesure tu progresses et bientôt tu peux rouler sans chuter. Bon et bien là c'est pareil.

Les sourcils froncés sur ses yeux verts, elle le dévisagea avec scepticisme :

— Tu te moques de moi ! Tu compares… Enfin ça à… Au vélo !?

Il réprima un sourire, et préféra chuchoter :

— Je vais te montrer…

Avant de lui prendre la bouche dans un baiser un peu rude.

Aussi étonnant que cela semble, les trois journées qu'ils passèrent enfermés dans le huis clos de la chambre, furent d'une gaieté absolue. Ils ne s'ennuyèrent pas une seconde, entre sensualité, discussions à bâtons rompus, batailles de polochons et autre barbotages dans la gigantesque baignoire. Ils la firent d'ailleurs déborder, deux fois… Ils se livrèrent à des concours de pompes et de bras de fer, qu'il gagna de manière éhontée. Il lui apprit à faire des coups de pied sautés et comment maîtriser un adversaire d'une seule main. Elle lui fit des massages avec toutes les crèmes dont la salle de bains regorgeait, le faisant éternuer sous les assauts de parfums trop fleuris.

Ils dessinèrent aussi sur la tapisserie, se représentant l'un l'autre plus ou moins grandeur nature. Lui, la croqua comme une héroïne de manga, les pupilles mangeant tout son petit visage, ses cheveux volant dans le vent, serrant contre elle son carnet à dessins. C'était plutôt très réussi. Elle, juchée sur la chaise du bureau pour plus de facilité, le crayonna avec autant de concentration qu'elle put, bien qu'au final il ressembla à un croisement improbable entre Terminator, la créature du Docteur Frankenstein et Hulk.

Il haussa un sourcil incrédule avant d'éclater de rire :

— C'est comme ça que tu me vois ?

— Euh... Non pas tout à fait, je n'ai jamais été très performante en portait. En fait je te trouve plutôt mignon.

Il la regarda un instant, avant de remarquer assez justement :

— Mignon ? Tu es sûr de ça ? On qualifie un chiot de mignon ou un chaton pelucheux... Je ne sais pas si on peut vraiment me définir comme ça...

Toujours debout sur sa chaise, elle entoura son cou de ses bras avant de chuchoter :

— Eh bien je te vois comme ça...

Puis elle l'embrassa avec une douceur qui le déstabilisa totalement.

Ils voguèrent donc ainsi, sans boussole ni horaire, naviguant au gré de leurs seules envies. Ils dormaient une ou deux heures, se réveillaient, picoraient les mets apportés régulièrement par la servante, chahutaient ou bavardaient à mi-voix dans la lueur froide des étoiles, se découvrant sans cesse un peu plus. Comme une drogue il ne pouvait se lasser de sa peau, si douce sous ses mains, de sa fragilité apparente et de sa force mentale certaine, de ses yeux verts si tendres, qui lorsqu'ils se posaient sur lui avec toute leur candeur semblaient le rendre meilleur.

Tamara, elle, avait jusqu'à présent toujours vécu dans un milieu essentiellement féminin, la mixité n'étant pas de mise durant la scolarité. Elle ne s'était jamais sentie très proche de ses compagnes. Elle se pensait solitaire, pourtant en compagnie de Liam, tout était différent. Ils fonctionnaient sans effort au même diapason. C'était une découverte, une révélation. Puis un matin la magie vola en éclats avec l'arrivée de l'infirmière, impromptue comme toujours. Elle était seule, cependant on pouvait aisément percevoir un bruit de bottes qui s'arrêta à la porte. Liam jeta un coup d'œil navré à Tamara, qui blottie contre lui, sommeillait à demi et n'avait pas encore compris.

— Sergent Mawr il est temps de nous quitter. Merci pour vos services.

Il hocha la tête, les mâchoires serrées sur sa désillusion.

— Laissez-moi un quart d'heure.

— Vous avez dix minutes pas une de plus, lança l'infirmière d'un ton froid avant de refermer la porte derrière elle.

Tamara se redressa brusquement, soudain très pâle, tout en faisant sourdement :

— La récréation est terminée, c'est ça…

Il hocha la tête, ses yeux gris reprenant peu à peu toute leur dureté métallique. Il enfila son treillis, tandis qu'en réprimant un soupir elle se mettait en quête du reste de son uniforme. Elle le trouva roulé en boule sous le lit, en compagnie de sa petite culotte. Elle récupéra l'un et l'autre, mais lui tendit seulement sa veste camouflée. Il ne fit aucune réflexion un brin moqueuse ou ironique comme il aurait pu le faire quelques heures auparavant. Il se contenta de lui prendre sa veste des mains et de l'enfiler.

S'il s'était laissé aller à être lui-même, ce n'était plus le cas. Il était à nouveau un commando, un soldat obéissant aux ordres et seulement ça. Elle le contemplait les bras ballants, désemparée, ne sachant plus que penser. Il finit de lacer ses lourdes rangers noires, se redressa, accrochant son regard vert, perdu. Sans pouvoir résister il la prit entre ses bras, la serrant une ultime fois contre lui. Puis attrapant le carnet de Tamara il écrivit hâtivement quelques mots. Une adresse.

— Écris-moi, s'il te plaît…, murmura-t-il sourdement avant de l'embrasser avec une rudesse à la hauteur de son désarroi.

L'infirmière était déjà là, solidement accompagnée par quelques gardes de l'escouade. Tamara le regarda franchir la porte, la gorge si serrée qu'elle ne pouvait plus respirer. Ainsi tout se finissait comme ça ? Il apparaissait et disparaissait de sa vie au gré d'on ne sait quelles instances supérieures qui se targuaient de régenter et décider de leurs existences.

Elle aurait voulu tout bousculer, lui courir après et que montant dans un zeppelin qui passait justement là, ils s'enfuient loin, vers une contrée où il est possible de choisir sa vie. Cependant elle ne bougea pas. Elle resta pétrifiée, sachant avec une lucide cruauté que les fins de héros bondissants dans le ciel n'existent pas, du moins en dehors des comics. Il était venu faire ce que la Patrie attendait de lui, il repartait pour obéir à d'autres ordres. C'était ainsi.

Chapitre 8

Avec amertume, elle se contraint à s'habiller, passa hâtivement un legging et un tee-shirt. Son carnet serré contre sa poitrine, étrange réminiscence du portrait qu'il avait fait, elle sortit dans le parc. Le soleil était chaud, les tulipes et les narcisses apparaissaient déjà, égayants de leurs vivacités les massifs malmenés par l'hiver. Tamara marcha jusqu'à un banc caché à l'écart derrière un massif d'hortensias. Elle s'y laissa tomber en soupirant. Fermant les yeux elle offrit son visage aux rayons tièdes du soleil, espérant ainsi diluer la boule amère qui lui obstruait la gorge. Elle repoussa les visions déprimantes de ce que serait sa vie, ballottée d'années en années d'un homme à un autre. Comment pourrait-elle supporter cela ? Elle ne reverrait sans doute jamais Liam, est-ce possible ? Elle se mordit les lèvres pour ne pas hurler à cette pensée, songeant à toute l'ironie du destin : elle avait été si effrayée en le voyant toutefois elle aurait dû penser qu'il pouvait lui arriver bien pire... Qu'ils s'apprécient... C'est certain elle n'avait en aucun cas envisagé une telle hypothèse !

Tout à coup quelqu'un prit place à côté d'elle et une voix la tira de ses affligeantes pensées.

— Eh Tamara, alors raconte-nous comment ça s'est passé !

Elle ouvrit les yeux, repoussa machinalement ses cheveux pour apercevoir les deux nouvelles Mères, arrivées en même temps qu'elle. Peu disposée à faire la conversation, elle leur jeta abruptement :

— Raconter quoi ?

Celle qui s'était assise sur le banc, une jolie blonde à la peau laiteuse et aux joues rebondies, répondant au prénom de Camélia, s'exclama avec excitation :

— Eh bien avec ton donneur, comment c'était ?

L'autre enchaîna avec tout autant de curiosité :

— Tu sais nous n'avons pas encore eu ta chance, nous n'avons pas encore eu notre donneur. Et tout le monde dit que tu as presque battu des records de performances, est-ce vrai ?

Tamara les dévisagea sans bien comprendre, partagée entre colère et perplexité :

— De quoi... ?

— C'est le chef des Gardes, le capitaine Twyllodrus qui le dit.

Camélia coupa son amie :

— Peu importe ! Est-ce vrai que c'était un commando avec des tatouages partout ?

Tamara les considéra toutes les deux avec stupeur, effarée par tant d'indiscrétion. Elle se leva, son carnet à la main, sans même daigner leur répondre.

— Mais quoi ! Réponds-nous ! s'exclama la grande brune avec agacement.

— Quelle bêcheuse tu fais..., rétorqua la blonde Camélia.

Tamara les dévisagea avec incompréhension, submergée par trop d'émotions. Que leur dire ? De toute façon, heurtée par leur agressive curiosité, elle ne pouvait rien leur confier. Elle leur tourna le dos au moment précis où le chef des gardes, le capitaine Twyllodrus s'approchait d'elle sa mine sempiternellement goguenarde. Il la toisa avec un sourire obséquieux et ironique tout à la fois, que l'adolescente trouva détestable.

— Alors plus envie de nous quitter, n'est-ce pas ? J'ai jeté un œil aux relevés de tes constantes, et bien à voir tes taux de dopamine, d'adrénaline, d'ocytocine et tes pics de phényléthylamine je dirais que tu ne t'es pas ennuyée une seconde !

Il tendit la main et lui souleva légèrement le menton d'un doigt sec.

— Qui aurait dit qu'une petite chose aussi malingre cachait un tel volcan…

Furieuse, elle rejeta la tête en arrière, répugnée par son contact, dégoûtée par son regard et ses paroles viciés de sous-entendus grivois. Elle se sentit souillée, rabaissée, tandis qu'un tsunami de colère la submergeait.

— Ne fais donc pas ta sainte-nitouche…, se moqua l'officier en s'avançant d'un pas, une mauvaise lueur dans les yeux.

Sans même réfléchir, son corps prenant alors le pas sur sa réflexion, elle saisit son bras d'une main, l'attrapa au poignet de l'autre et d'un seul mouvement tournant, souple, facile comme une évidence, elle le jeta sur la pelouse où il tomba dans un bruit lourd. Soufflé par sa chute tout autant que surpris, il resta là sur l'herbe humide de rosée, la bouche béante, tandis que les deux autres filles poussaient des cris stridents. Alertés par leurs hurlements, d'autres Mères un brin affolées accoururent, accompagnées par deux gardes. Cordélia, la plus âgée des Mères du manoir, considéra la scène avec stupeur. Elle fit abstraction de l'agitation des deux filles, pour s'arrêter sur la pâleur de Tamara et la colère humiliée de l'officier qui se relevait avec difficulté. Il grinçait des dents, furieux d'avoir ainsi été si aisément rabaissé. Sa main tremblait à la recherche de son pistolet automatique rangée dans l'étui en cuir qu'il portait à la ceinture. Cordélia fronça les sourcils. Elle s'avança aussitôt avec toute l'autorité que lui conférait sa position.

— Capitaine Twyllodrus, n'y songez même pas !

Posant une main sur le bras de Tamara, elle fit d'une voix douce :

— Que s'est-il passé ma chérie ?

Tamara, à la fois excédée, malheureuse et terrifiée pour mille raisons, ne pouvait réprimer des larmes de rage, de souffrance et de désarroi absolus. Cordélia la prit tendrement entre ses bras, avec des gestes si maternels que Tamara sentit son cœur se briser.

— Chut ça va aller... Raconte-moi ce qui s'est passé.

Réprimant son émotion, Tamara balbutia simplement :

— Cet homme est un porc...

Hochant la tête, Cordélia murmura :

— Madame la directrice va s'occuper de ça, tu n'as aucun souci à te faire. Viens avec moi, nous allons un peu marcher cela t'aidera à évacuer toutes ces émotions accumulées.

La prenant par le bras elle l'emmena fermement vers les allées qui menaient au fond du parc. Elles marchèrent quelques minutes dans un silence qui détendit peu à peu Tamara.

— Merci Madame…

— Oh non moi c'est Cordélia, tu dois me tutoyer aussi, après tout ne sommes-nous pas Mère de la Patrie toutes les deux ?

Tamara lui renvoya un sourire hésitant mais néanmoins plein de gratitude. C'était la première manifestation d'amitié qu'elle percevait depuis son arrivée ici, hors celle de Liam, mais c'était bien évidemment une autre histoire. Elles avancèrent tranquillement sous les frondaisons des grands marronniers, dont les feuilles toutes neuves apparaissaient par petites touches vert vif. Un écureuil noir et agile, bondissait de branches en branches tout excité par l'arrivée de la belle saison. Plus loin un pic se livrait à un travail actif d'ébénisterie, à grand renfort de bec, rompant la quiétude du parc de ses « toc toc » répétés.

— Ce n'est pas facile n'est-ce pas d'oublier tous ses rêves… J'étais comme toi, une jeune adolescente frondeuse pleine d'imagination. Je ne me voyais pas rester enfermée ici, jour après jour. Ne me regarde pas ainsi ! Crois-tu être la seule à regimber à l'idée de ne te définir que par ta capacité de reproduction ?

Elle lui prit le poignet et désigna le pansement qui en masquait la coupure :

— Crois-tu avoir été la seule à être si désespérée que tu as pensé un instant qu'une fuite vers d'autres ailleurs, quels qu'ils soient, serait en fin de compte meilleure ?

Tamara se dégagea d'une rotation du bras, tout à coup défiante. La quadragénaire, remonta alors la manche de sa chemise montrant son propre poignet à l'adolescente. Deux traits nacrés en marquaient inexorable la peau fine, presque translucide.

— Eh oui, peu de jeune fille ont la vocation de mère. En tout cas ce n'était pas mon cas ! J'enviais toutes ces filles qui auraient un métier, un travail et pourraient un jour choisir un mari, même si c'était au prix d'un renoncement total à la maternité. À ton âge je me disais qu'une stérilisation n'était pas cher payée pour décider de sa vie.

Elle s'interrompit une seconde, avant de reprendre :

— Bien évidemment c'est ce que tu penses aussi, je ne peux t'en blâmer. Mais tu sais la vie d'une Mère n'est pas si effroyable que tu te l'imagines. De plus notre existence ne se finit pas à notre ménopause. Bien au contraire ! Lorsque notre cycle de reproduction se termine nous avons le choix et pouvons alors nous immiscer dans la vie active de la nation, et pourquoi pas réaliser ces rêves que nous avions auparavant.

Le cœur de Tamara parut se décrocher dans sa poitrine, Cordélia était gentille de tenter de l'encourager cependant elle n'était pas comme elle. Loin de là !

— C'est maintenant que je veux vivre, pas dans trente ans ! s'écria-t-elle d'une voix terrifiée. Je ne veux pas vivre ici, avec toutes ces femmes dont le seul but est de se mirer le ventre ou fabuler sur les donneurs passés ou futurs. Je ne veux pas devenir simplement une matrice, supporter le contact d'hommes inconnus et… ne plus jamais revoir Liam. C'est au-dessus de mes forces !

Cordélia la prit entre ses bras, la berçant lentement sur son opulente poitrine distendue par ses multiples grossesses.

— Oh ma chérie je te comprends. Ce n'est pas de chance que tu sois déjà tombée amoureuse. Cela arrive parfois et je t'avoue que cela ne peut qu'être sujet à complications.

Tamara rougit violemment, tout en secouant la tête :

— Je ne suis pas amoureuse du tout !

— Dis ça à qui tu veux, mais pas à moi ma toute belle. Tu es tombée amoureuse de ton donneur, que veux-tu ça arrive. Le coup de foudre existe aussi dans la réalité. Je te dirai bien d'oublier cet homme dans la seconde, cependant je suppose que ce n'est pas de ton ressort, n'est-ce pas ?

La jeune fille rougit un peu plus, tandis que Cordélia poursuivit :

— Je suis navrée pour toi, mais prépare-toi réellement à l'idée de ne jamais le revoir. Il faut que tu en aies pleinement conscience, d'accord ? Écris-lui, toutefois organise ta vie comme si d'ores et déjà il n'en faisait plus parti car crois-moi, c'est bel et bien le cas. Inscris-toi à des cours à distances, occupe ton esprit et essaye de penser à lui le moins possible.

— Je ne sais pas si je pourrai... Ce qu'on exige de moi, de nous toutes, c'est tellement inhumain...

— Je sais mais d'autres connaissent des sorts encore pires. Sois forte. Tu pourras toujours compter sur moi si tu as besoin. D'accord ?

Tamara approuva d'un faible hochement de tête, finalement encore plus épouvantée après cette conversation, qu'avant !

Les jours suivants, elle apprit par la directrice en personne que le capitaine Twyllodrus avait eu une sanction pour son inconduite et qu'il avait été envoyé sur le front. On ne le reverrait pas de sitôt au manoir. Tant mieux ! Un autre officier à la silhouette débonnaire avait pris sa place.

Chapitre 9

Tamara n'avait pu résister dès le premier soir, à écrire quelques mots à Liam. Comment faire autrement ? De toute façon quoique en dise Cordélia son avenir ne serait pas là entre ses quatre murs, à marcher d'un pas de canard obèse en véhiculant un ventre disproportionné d'éléphante femelle, avec des précautions d'artificier manipulant de la nitroglycérine. Plus elle voyait ses femmes enfermées dans cette prison, aussi dorée soit elle, plus sa conviction de ne vouloir à aucun prix finir là, avec elles, se transformait en certitude. Elle ignorait quand ou comment cela se ferait, mais elle ne resterait pas là, s'étiolant et se morfondant jour après jour. À attendre quoi ? Que sa vie passe et qu'elle la regarde passer en soupirant ? Hors de question !

Elle commença par faire une demande d'inscription à une université à distance, afin de ne pas perdre de temps avec ses études, ce qui lui donna une bouffée d'espoir vers un autre avenir. Les autres Mères l'évitaient, chuchotaient sur son passage, mais elle n'en avait cure. Tout ce qui comptait c'était les lettres sporadiques mais toutefois régulières de Liam. Glissées dans des enveloppes faites dans ce papier recyclé marron verdâtre propre aux services militaires, des bouts de feuilles hâtivement griffonnées, de courts billets sobrement rédigés ou des dessins tracés en quelques coups de crayons, lui parvenaient à une fréquence qui laissait peu de doute sur les sentiments du sergent des Commandos. Cela ne fit qu'accroître les ragots à son sujet. Qu'importe Tamara avançait vaille que vaille soutenue par ces seules bouffées d'espoir.

Un matin l'infirmière habituelle entra comme à son ordinaire en coup de vent dans la chambre de l'adolescente. Tamara sursauta, tout occupée à remplir son dossier d'inscription pour l'université des Arts et Métiers.

— Bonjour ma chérie. Comment vas-tu ce matin ?

— Oh c'est vous, vous m'avez fait peur.

— Tu peux m'appeler Donna, je suis l'infirmière attitrée à cet étage. Je suis là car j'ai une bonne et une mauvaise nouvelle. Tu vois je t'apporte ce panier qui contient des garnitures périodiques, car hélas ce mois-ci tu n'as pas conçu d'enfant. Ne sois pas triste cela arrive fréquemment, les corps des femmes ne sont pas des machines ! La fécondation naturelle est certes la plus efficace, mais il n'y a tout de même qu'entre vingt et vingt-cinq pourcents de taux de réussite. La bonne nouvelle, enfin je le crois, c'est que ton donneur aura l'obligation de revenir accomplir son devoir. Ah oui, tant que j'y étais je t'ai apporté le courrier du jour.

Ce faisant elle tendit une enveloppe brune à une Tamara interloquée par cette avalanche de nouvelles. Elle s'en saisit le cœur battant, tandis que l'infirmière posait le panier sur le bureau et sortait comme elle était entrée.

Tamara posa lentement l'enveloppe sur sa table, se retenant de crier de joie. C'était une revanche sur le destin, une petite revanche certes, mais c'en était bien une. Rien n'était écrit à l'avance. Quoi qu'en dise Cordélia, Liam n'était pas sorti de sa vie.

Elle reprit le courrier d'une main tremblante, non seulement par les nouvelles inattendues, mais aussi parce qu'elle avait reconnu l'enveloppe en papier recyclé.

Elle l'ouvrit en faisant sauter le sceau aux armes officielles, qui garantissait l'acheminement gratuit et en express du courrier militaire. Elle en sortit une simple feuille sur laquelle il avait tracé un dessin au crayon. Celui-ci représentait un casque retourné, posé dans l'herbe d'un champ de bataille, à l'arrière-plan se dessinait la silhouette vague d'un fusil-mitrailleur alors que, poussant à même le casque un coquelicot rouge sang s'épanouissait. Au dos de l'esquisse il avait simplement griffonné « tu me manques. L »

Prenant son propre papier à lettres à l'en-tête inévitable des Mères de la Patrie, elle lui répondit aussitôt afin de lui faire part de l'insuccès épatant de sa précédente mission !

Comme prévu son cycle menstruel revint, ce qui pour la première fois de sa vie lui procura une joie sans pareille. Une dizaine de jours s'étaient écoulés, lorsqu'un matin Donna l'infirmière, entra en tourbillon dans la chambre, ouvrant les rideaux et posant une robe blanche sur le lit, réplique terriblement exacte de cette trop fameuse journée du mois précédent. Néanmoins cette fois, Tamara sauta hors du lit, le cœur battant d'une joie grondante. Enfin Liam revenait.

En un tour de main elle fut prête, dûment lavée, coiffée, habillée. Elle n'eut plus qu'à attendre, rendue presque folle de stress. Si heureuse et excitée qu'elle avait l'impression que son cœur allait éclater. Elle s'asseyait dans le canapé, tentait de lire un roman mais les lignes s'entremêlaient en un chaos illisible, alors elle le rejetait et commençait à arpenter la moquette d'un pas nerveux de pouliche irascible, puis fatiguée de marcher bêtement en rond, elle s'écroulait dans le sofa et reprenait son livre, ainsi de suite dans une sorte de manège qu'on aurait pu croire sans fin. Heureusement la porte s'ouvrit et stoppa net son irritant ballet. Une colossale silhouette se découpa dans l'encadrement, jeta un coup d'œil circulaire d'un regard métallique et glacé avant de refermer la porte sans même se retourner. Leurs regards se croisèrent. Tamara se mit à trembler tandis qu'il s'avançait lentement vers elle, comme dans un rêve.

Soudain elle fut dans ses bras. Il la serra contre lui, à l'étouffer, retrouvant son émouvante fragilité, l'odeur de ses cheveux, la douceur de sa peau. Le monde tout à coup parut tourner plus rond, le soleil sembla plus chaud et la fragrance douce des jacinthes qui s'épanouissaient sous les fenêtres, sembla plus vive, comme si toute chose dans l'univers reprenait sa place.

Il lui prit si brutalement la bouche que leurs dents s'entre choquèrent, mais qu'importait, ils étaient à nouveau ensemble et rien d'autre ne comptait. Fugitivement Tamara eut une pensée pour ses taux d'endorphines et d'ocytocine qui devaient montrer plus en détail et avec encore plus d'indécence qu'une surveillance vidéo, ce qui se déroulait en cet instant précis. Médecins, généticiens, scientifiques ou informaticiens, qui sait combien étaient là à mirer les écrans reproduisant les graphiques retransmis par son marqueur électronique ? Pourtant en cette minute, peu lui importait que même le Généralissime de toute la Nation s'intéressât à ses courbes hormonales, seules comptaient les mains de Liam glissant sur la soie de sa peau…

Trois jours, voilà tout ce qu'on condescendait à leur accorder. Ils vécurent alors ces trois journées et ces trois nuits avec une intensité que certains n'éprouvent même pas sur une vie entière. Ils rirent, discutèrent durant des heures, firent tout aussi longtemps l'amour, en une entente des corps et des esprits presque irréelle. Avec une cruauté inéluctable, les heures s'égrenaient. Liam ne pouvait s'imaginer la laisser ainsi, retourner à sa propre existence comme si de rien n'était. Comme si cela n'avait été qu'une parenthèse de plaisir mérité pour un héros de guerre. Comme si leur connivence, leur attirance, leurs sentiments ne comptaient pas. Comme si au bout de tout cela, porter son enfant n'était rien pour lui. Comme si l'imaginer l'an prochain accueillir un autre donneur l'indifférait…

Eh bien non, rien de tout cela ne le laissait froid, bien au contraire ! Il ne savait simplement pas encore comment il retournerait la situation. En tout état de cause il ne l'abandonnerait pas à son sort. Il était de surcroît hors de question qu'il passe le reste de son existence, à regretter de n'avoir rien fait. À penser qu'il avait frôlé du bout des doigts, l'amour, le vrai celui qui vous transcende ou vous rend fou. Qu'il n'avait pas tenté de se battre, ni pour elle ni pour lui-même. C'était hors de question.

Depuis qu'il la connaissait sa vie semblait avoir une signification, une justification ; du moins une toute autre que celle d'éliminer des cibles désignées comme ennemies. Elle était la vie. Auprès d'elle il lui semblait respirer à nouveau librement, être lui-même enfin. Peut-être était-il un instrument de mort, servant des intérêts qui le dépassaient, toutefois il avait aujourd'hui l'opportunité d'être autre chose. Saurait-il saisir cette chance, ou pas ?

Alors cette dernière nuit, la tenant serrée entre ses bras, minuscule chaton abandonné, il murmura :

— Je ne te laisserai pas, j'ignore comment, mais je te jure que je te sortirai de là.

Il vit dans la lueur froide des étoiles, ses yeux verts pétiller d'un brusque espoir.

— Je ne te laisserai pas, répéta-t-il très doucement. Crois-moi.

Elle voulait le croire, de toute son âme, pourtant comment pourrait-il tenir sa parole ?

L'aube vint apportant avec elle l'inéluctable de leurs ultimes moments. Trop vite les heures coulèrent, trop vite l'infirmière adroitement accompagnée des gardes, était là. Trop vite ce fut leur dernier baisé, trop vite leurs mains se séparèrent, trop vite la porte fut close derrière lui. Remake déstabilisant du mois précédent, bien que cette fois-ci ils risquaient fort d'avoir réussi le pari de la mise en route de « Super Bébé »…

Chapitre 10

Elle resta seule, plantée au beau milieu de la chambre, hébétée, n'aspirant à rien d'autre au monde que d'être nichée au creux de ses bras. Comment s'obligea-t-elle à bouger ? Elle repoussa toute idée pessimiste, bien que sans cesse les paroles de Cordélia lui revinssent en un leitmotiv dramatiquement réaliste. Elle les repoussa, s'efforçant de ne voir que cet espoir de futur tenu par la promesse de Liam.

Les jours qui suivirent, elle se plongea à corps perdu dans la préparation du concours d'entrée auprès de l'université des Arts et métiers, une fois qu'ils eurent répondu positivement à sa demande. Le travail de révisions lui apporta cette pleine occupation, qui par sa normalité, contribua à lui conserver une sorte de stabilité mentale et émotionnelle. Elle n'avait ainsi que fort peu de temps pour se mêler aux autres mères, pour écouter leurs ragots où se prêter aux leurs. Elle demeurait à son bureau à travailler, ou bien écrivait à Liam. Elle se forçait toutefois à marcher afin de conserver un tonus optimal. Aussi deux heures par jour quel que ce soit le temps, elle arpentait le parc d'un pas vif de marcheuse olympique, veillant à idéalement s'oxygéner afin de ne pas trop perdre en souffle malgré tout. Les autres Mères, étendues sur des transats sous le soleil de ce début d'été, la regardaient faire ses tours de marathonienne en levant les yeux au ciel tout en se moquant d'elle ouvertement. Tamara s'en fichait. Elle faisait ce qu'elle avait à faire, si les autres envisageaient leur vie étendue comme des éléphantes de mer sur la grève, grand bien leur fasse !

Mais elle, elle ne baisserait pas si aisément les bras.

À un rythme à la fois anarchique et régulier, le courrier lui apportait les enveloppes vert brun à l'en-tête de l'armée, la confortant dans sa volonté de demeurer fermement optimiste. Les semaines passaient, puis les mois, l'automne survint rougissant les feuilles des marronniers et fraîchissant l'air. Tamara s'accrochait à l'espoir, rageusement.

Une nuit, tandis qu'elle dormait du mieux qu'elle pouvait, elle fut tirée du sommeil par un bruit ténu. Le cœur battant, mais s'efforçant au calme afin de ne pas alerter toute la clique aux aguets de ses constantes sanguines, elle se leva pieds nus, en simple tee-shirt blanc. D'une main elle repoussa les rideaux, le bruit infime mais inhabituel provenait de l'extérieur. Avec une surprise frôlant l'effarement, elle vit une silhouette sombre découper à l'aide d'une scie portative, avec minutie et dextérité les barreaux de sa prison dorée. L'ombre toqua d'un doigt ganté à la fenêtre, tout en lui renvoyant un court sourire. Tremblante, elle ouvrit le vantail, tandis que le soldat en tenue sombrement camouflée, enjambait l'appui en maintenant la grille découpée. Sans bruit il la déposa sur la moquette, avant de prendre Tamara entre ses bras et d'enfin goûter à nouveau à la douceur de ses lèvres.

Il lui fit signe de se taire, tout en posant son sac à dos sur la table. D'un étui à sa ceinture il tira un long couteau de commando à la lame aussi tranchante qu'un rasoir. Doucement il lui souleva le bras tout en lui glissant à l'oreille :

— Fais-moi confiance, d'accord ?

D'un geste à la fois sûr et rapide, il lui entailla l'avant-bras, dévoilant coincé sous la peau, son transpondeur électronique, mouchard fiable s'il en est. Elle se mordit les lèvres afin de ne pas hurler. Posant une compresse et une bande sur la plaie, il attrapa son sac, le lança sous le lit, tandis qu'il faisait signe à Tamara de se recoucher. Il ferma la fenêtre, tira les rideaux, puis hâtivement dissimula aussi la grille sous le lit. Il s'y laissa rouler à sa suite, juste à temps. La porte s'ouvrait déjà sur l'infirmière. Sans doute inquiète par la courbe anormale de l'adolescente, elle venait voir ce qui se passait.

— Ça ne va pas ma chérie ?

Tamara feignit le sommeil tout en veillant à dissimuler son bras ensanglanté sous les couvertures.

— Tout va bien Miss Donna, j'ai juste fait un horrible cauchemar. C'était épouvantable à croire que c'était vrai…

— Cela arrive mon enfant, en particulier dans ton état. Essaye de te rendormir.

— Merci Miss…

L'infirmière referma la porte, tandis que Liam s'extirpait de sous le lit. Prenant la chaise du bureau il la glissa sous la poignée de la porte, tandis que Tamara repoussait ses couvertures. Il lui fit signe de ne toutefois pas bouger. Prenant son sac à dos il l'ouvrit, en sortit précautionneusement un tas poilu qu'il étendit à côté de la jeune fille.

— Qu'est-ce que c'est que ça ? balbutia-elle avec répulsion.

Son sourire éclaira un instant les ténèbres tandis qu'il murmurait :

— C'est un chat, je l'ai un peu assommé pour les besoins, mais ça va aller… Donne ton bras.

D'un geste vif il enleva la compresse tandis que de la pointe de son couteau il faisait sauter l'implant. Il lui tendit une autre compresse qu'elle appliqua en tremblant sur la plaie, alors que d'une main ferme il entaillait légèrement l'épaule du chat de gouttière pour y glisser la puce. Il prit une bande qu'il posa adroitement au chat inconscient. Tamara le regarda avec incrédulité.

— Tu crois que ce chat va les tromper ?

— Sans doute pas mais cela nous fera gagner quelques minutes. Donne-moi ton bras, il faut le bander.

En quelques secondes il désinfecta la plaie et posa un bandage propre. Du sac il sortit un petit tas de vêtements qu'il lui lança.

— Habille-toi, on a fort peu de temps.

Elle n'hésita pas une seconde, elle attrapa la pile, en extirpa un bas de treillis noir qu'elle enfila puis se tourna avant d'enlever son tee-shirt et d'en passer un plus sombre. Elle chaussa les boots qu'il lui tendait et allait enfin mettre le gros pull bleu marine qui restait, lorsqu'il fit d'une voix basse, glaciale, en montrant son ventre arrondit :

— Tu comptais me le dire quand ?

Elle suspendit son geste, le dévisagea avant de faire doucement :

— Peut-être jamais…

Elle s'approcha de lui, cherchant à capter son regard dans l'obscurité nocturne :

— Liam je suis terrifiée, je t'expliquerai tout ce que tu veux, mais plus tard, je t'en prie…

Il s'efforça de respirer afin de faire refluer sa colère, hocha la tête avant de lâcher abruptement :

— Es-tu prête ?

— Une seconde ! Elle se tourna vivement vers son bureau en tira une liasse de papiers et de lettres qu'elle fourra dans l'une des larges poches du treillis, rafla une plaquette d'antispasmodique et une autre de vitamines qu'elle glissa dans une autre poche.

Pendant ce temps il avait ouvert la fenêtre et jaugé la situation.

— Je suppose que tu ne pourras pas sauter…

Elle lui renvoya un sourire navré et tremblant :

— Il y a quatre mois j'aurais bondi depuis le deuxième étage, mais là ce n'est plus possible.

— D'accord. Je descends ensuite tu te laisses pendre depuis le rebord de la fenêtre, ce n'est pas très haut il suffira que tu te lâches et je te rattrape.

En même temps qu'il disait cela, il plaça son sac sur son dos, enjamba l'appui de la fenêtre puis sauta un étage plus bas. Il se réceptionna sans bruit sur la pelouse faisant signe à Tamara de le suivre. Le cœur battant elle se laissa glisser, se tenant au rebord en pierre avant de finalement lâcher prise. Elle retint un cri lorsque les bras de Liam la saisirent au vol, avant de la reposer et de l'entraîner au pas de course au travers du parc, si paisible dans la fraîcheur de la nuit.

Ses foulées étaient longues, elle avait du mal à le suivre mais ne le montra pas. Enfin ils parvinrent au pied du mur d'enceinte, couvert de lierres et de glycine. Sans un mot il grimpa sur le mur, avec une souplesse étonnante pour un homme de sa taille et de sa carrure. Il s'y hissa à califourchon, puis d'un geste impérieux enjoignit Tamara à le suivre. Elle s'agrippa du mieux qu'elle put aux diverses prises que lui offraient les excroissances des pierres, escaladant aussi vite qu'elle le pouvait, terrorisée d'être vue par l'un des gardes. Aussitôt qu'il put, Liam se pencha et la souleva afin de l'aider à se rétablir sur le haut du mur. Ensuite il sauta de l'autre côté, se rétablissant sur le trottoir.

Sans hésiter Tamara répéta la même opération que du haut de la fenêtre, sans effort il la rattrapa refoulant toute autre pensée que celle de la réussite de l'opération. L'entraînant à sa suite d'un pas vif, il jeta abruptement :

— J'ai une voiture plus loin, mais comme pour tous les manoirs il est interdit de se garer dans les rues alentour, nous allons prendre le tram' automatique. Tiens mets ce bonnet et dissimule tes cheveux. Attention aux caméras. Tu t'assieds à l'avant, voici un ticket. Nous ne nous connaissons pas. Tu descendras place du Capitaine Jack Aubrey, je serai descendu une station avant. On se retrouve sous la statue du Capitaine. Voici le tram. Ne te retourne pas, ne me regarde pas. Tu rentres chez toi et tu es fatiguée. D'accord ?

Elle hocha faiblement la tête, tout en cachant hâtivement sa longue chevelure châtain sous un bonnet en laine noire. Dans un chuintement le tramway stoppa devant eux. Les portes s'ouvrirent dans un souffle pneumatique. Tamara entra sans rien montrer de sa peur. Sa main tremblait toutefois légèrement lorsqu'elle inséra le ticket dans la composteuse. Elle percevait la présence de Liam, juste derrière elle, cela contribuant à lui donner du courage. Elle s'écroula sur l'un des premiers sièges, tandis que l'immense soldat passait devant elle et prenait place plus loin. Elle remarqua qu'il avait relevé la capuche d'un sweat noir qu'il portait sous sa veste camouflée, afin sans doute de dissimuler les tatouages méca' qui ornaient son visage d'une façon par trop reconnaissable. En dehors d'eux le tram' était désert, ce qui n'était guère surprenant à cette heure.

Les minutes passaient, les rues défilaient. Tamara tremblait, se demandant à tout instant si sa fuite avait été découverte ou pas. Elle mourait d'envie de jeter un coup d'œil à Liam afin de trouver force et réconfort dans son regard gris, toutefois elle ne le fit pas. Elle voyait l'œil électronique de la caméra surveiller tous leurs faits et gestes, cela lui suffit pour se rencogner contre le dossier de son siège et patienter le cœur battant. Le tramway s'arrêta à une station afin d'embarquer quelques noctambules entre deux pubs. La bande d'une dizaine d'individus, bruyante et joyeusement éméchée, monta en trébuchant, s'installa en s'effondrant sur les sièges.

Tamara s'efforça de ne pas les fixer. Elle appuya son front contre la vitre, effrayée que l'un des fêtards la remarque. Par chance, entre son bonnet et son pull trop large, elle ne ressemblait guère à une jeune fille mais bien à un gamin désargenté rentrant chez lui. Nul ne fit attention à elle. Elle comptait les stations, avec un stress croissant : trois, deux, une. Le tramway stoppa dans un crissement feutré laissant descendre l'immense soldat. Elle se sentit subitement très seule, presque abandonnée. Son cœur s'emballa, heureusement sa puce était restée sur le chat sans quoi l'infirmière aurait galopé afin de voir si elle ne faisait pas une crise cardiaque !

Le groupe de fêtards riait à gorges déployées, ce qui aurait presque paru rassurant à Tamara si elle n'avait pas été aussi glacée d'effroi. Enfin ce fut sa station ; Elle se leva en trébuchant dans les jambes des rieurs alcoolisés, appuya sur le bouton demandant l'arrêt. Le tram' s'immobilisa dans un soupir assourdi. Les portes se rabattirent. Elle descendit retrouvant la fraîcheur de la nuit, percevant avec elle autre chose que sa peur, l'espoir peut-être. Elle marcha vivement vers la statue du Capitaine qui ornait le centre de la placette, lorsqu'une main se posa sur son épaule. Elle faillit hurler mais reconnut Liam juste à temps.

Elle perçut son sourire dans l'obscurité, tandis qu'elle grommelait :

— Tu m'as fait peur.

Malgré sa course depuis la station précédente, il ne paraissait même pas essoufflé. Il l'entraîna vers des places de stationnements situées un peu plus loin, sur lesquelles se trouvaient parquées quelques voitures. Sortant des clefs de sa poche, il ouvrit une petite Cerbydau blanche et quelconque, comme il en roulait des centaines de milliers dans le pays. Produite en masse par les usines de la Patrie, c'était la voiture du peuple par excellence. Il lui ouvrit la portière côté passager avant de lui-même prendre place au volant. Avec un soupir de soulagement elle s'écroula sur le fauteuil en skaï brun, tandis qu'il s'insinuait du mieux qu'il pouvait sur le siège conducteur, sans doute peu prévu pour un colosse de son gabarit ! Ayant réussi à caser ses longues jambes, il tourna la clef de contact, la voiture démarrant son moteur électrique sans plus de bruit que le chuintement de ses pneus sur l'asphalte.

Tamara s'apprêtait à ôter son bonnet, lorsqu'il l'arrêta d'un geste péremptoire :

— Non ! Garde-le. Tu l'enlèveras lorsque nous serons hors ville, pour l'instant nous sommes trop susceptibles d'être suivis par tout le réseau de surveillance vidéo de la cité.

Il lui jeta un coup d'œil, avant de rajouter d'un ton abrupt :

— Et attache-toi, je ne tiens pas à ce qu'on se fasse stupidement arrêter pour un défaut de ceinture.

Elle saisit la ceinture d'une main un brin tremblante, la boucla dans un clic qui résonna dans tout l'habitacle. Elle percevait sa colère, une colère à son encontre et c'était insupportable.

Prenant son courage à deux mains, elle murmura :

— Liam ne sois pas furieux après moi, je t'en prie... C'est vrai j'ai omis de te dire que j'étais enceinte...

Il lui lança un regard glacé, tout en jetant entre ses dents :

— Omis ! Tu appelles ça omettre ! J'appelle ça mentir figure-toi.

— Eh bien si je ne te l'ai pas dit c'était avant tout pour toi, pour que tu n'aies pas à porter ce poids toute ta vie si jamais tu ne pouvais pas nous sortir du manoir, bébé et moi. Pour t'éviter d'avoir à trop culpabiliser. J'ai pensé que c'était inutile de te rajouter ce fardeau. Voilà pourquoi j'ai gardé ça pour moi. Voilà pourquoi je t'ai menti... Si tu penses que c'est un mensonge, s'exclama-t-elle tout en lui retournant un regard aussi furibond que le sien.

Dans le clair-obscur de la voiture, éclairée parcimonieusement par les lumières de la ville, néons des boutiques, lueurs des réverbères ou clignotements rouges ou verts des feux tricolores, elle le vit accuser le coup de ce qu'elle venait de lui dire, cependant il garda les mâchoires serrées et le regard fixé sur la route.

Elle soupira mi d'agacement mi de lassitude. Alors doucement elle prit sa main et soulevant son pull en laine, elle la posa sur son ventre qui s'arrondissait en une demi-sphère parfaite. Elle mêla ses doigts aux siens tandis que sous leurs mains réunies le bébé faisait un joli salto qui se répercuta en une grosse bulle, faisant onduler toute la surface du ventre de Tamara.

Liam, pétrifié, en proie à des émotions auxquelles il n'était pas préparé, lança un regard déconcerté à la jeune fille. Elle éclata de rire, tout en chuchotant :

— Il s'étire, tout va bien. C'est un agité comme son père...

Lentement elle vit ses traits se détendre. Il lui renvoya un sourire, enfin, tandis que ses yeux gris pour une fois, étaient les miroirs de son âme.

Ses phares perçants la nuit automnale, la petite cylindrée les emporta sans esbroufe mais sûrement, en dehors de la ville. Délaissant alors les autoroutes trop surveillées, elle emprunta les routes secondaires plus tranquilles. L'immense sergent sembla souffler, il repoussa la capuche du sweat qui masquait en partie son visage puis fit :

— Il y a du café et des sandwichs sur le siège arrière, si tu veux.

— Je ne bois pas de café...

Il lui retourna un vrai et large sourire, tout en disant :

— Je sais. Il y a aussi un thermos de thé.

Elle se contorsionna, attrapa les thermos, en dévissa un au hasard tomba par chance sur celui du thé qu'elle huma avec délice.

— Tu as tout prévu !

Il lui renvoya un regard en coin, avant de lâcher doucement :

— Non pas tout justement...

Elle rougit mais ne baissa pas les yeux.

— Je ne voulais pas t'accabler avec ce détail... Je ne voulais pas non plus que tu te focalises uniquement sur le fait que je sois enceinte, et penser à adapter un plan seulement en fonction de ça.

— J'espère seulement que ce que j'ai prévu fonctionnera malgré ce que tu appelles le « détail ». Car crois-moi pour le coup mon plan n'est absolument pas prévu pour une femme enceinte, hélas il est trop tard pour le changer... Il faudra faire avec.

— Ne t'inquiète pas je suis aussi costaud qu'un sumo'. Les toubibs du manoir n'en revenaient pas ! Pas une nausée, pas un malaise, je cours comme une lapine !

Il ne put s'empêcher d'éclater de rire, pas moins effrayé des difficultés vers lesquelles il l'emmenait, néanmoins heureux de retrouver sa bonne humeur et son indéfectible énergie.

Chapitre 11

Ils roulèrent longtemps. L'adolescente après avoir siroté tout le thé, s'endormit comme un petit chiot bercé par le roulis de la voiture. Aux petites heures de l'aube, dans la clarté laiteuse du tout petit matin, l'insignifiante mais volontaire voiture blanche obliqua dans un chemin de terre qui partait à l'assaut des montagnes. Le changement de revêtement sortit Tamara du sommeil. Elle se réveilla en baillant, s'étira comme un chat avant de regarder avec curiosité où ils étaient. La Cerbydau grimpait avec ténacité au long d'une piste peu entretenue, ravinée par maints hivers et oubliée par les hommes.

Les pneus patinaient, la voiture haletait, tremblait en abordant les lacets abrupts ou en contournant les innombrables fondrières et crevasses qui jalonnaient le chemin, malgré cela elle poursuivait obstinément sa route.

Tamara secouée comme dans un shaker, grommela pour la forme. Elle se cramponna à la poignée du toit, admirant la vue qui au fur et à mesure de leur ascension devenait de plus en plus spectaculaire.

— C'est beau ! C'est tellement beau ! s'écria-t-elle avec enthousiasme, tout en rajoutant.

— Tu vois même si on nous rattrape maintenant et bien ça en aura valu le coup.

— Il est hors de question qu'on nous trouve, rétorqua-t-il avec un demi-sourire, tout en amenant la voiture dans un ultime effort devant une grange en pierre.

La voiture stoppa dans une sorte d'expiration. Avec soulagement l'immense commando s'extirpa du minuscule habitacle, avec la bizarre impression d'être un bernard-l'hermite sortant d'une coquille trop petite. Il s'étira, fit rouler ses épaules, éprouvant le plaisir ineffable de ne plus être plié en deux. Tamara, bondissante et aussi primesautière qu'un jeune chevreuil, s'élança jusqu'au bord du chemin surplombant un à pic abrupt, hérissé par les premiers sapins et bouquets de genêts sauvages. La vue sur la plaine était stupéfiante. Elle écarquillait les yeux, ébahie, éblouie.

Elle sentit deux mains se poser sur ses épaules, tandis qu'elle se laissait aller contre lui, tout en faisant d'une voix vibrante :

— C'est terrible ! J'adore ! Tu sais je n'avais jamais vu de montagne...

— Je sais, je t'emmènerai voir bien d'autres choses, je te le jure, mais pour l'instant nous devons être prudents. Allez, viens.

À regret elle le suivit, tandis qu'il ouvrait les portes brinquebalantes de la grange. Il y fit entrer la voiture, avant de refermer les portes qu'il bloqua à l'aide d'une chaîne. Du coffre de la voiture il sortit deux sacs à dos, une couverture ainsi qu'une vieille bâche qu'il posa sur la Cerbydau, non sans avoir arraché ses deux plaques minéralogiques.

Tamara quant à elle, ne perdit pas le nord : elle réunit tout ce qui restait des denrées qu'ils n'avaient pas englouties. Par malheur le thé était terminé depuis belle lurette. Elle soupira se disant que rien ne pouvait être parfait. Pendant ce temps il prit la couverture qu'il étala sur quelques vieux ballots de foin grisâtres et hors d'âge, posa son fusil-mitrailleur avant de s'allonger dans un grognement satisfait. Elle le considéra, si grand, si effrayant avec ses tatouages qui mangeaient la moitié de son visage, pourtant lorsqu'elle le regardait elle ne voyait à présent plus que sa douceur et sa tendresse. Avec un soupir de bien être elle se nicha contre lui, tandis qu'il l'enserrait d'un bras tout en l'embrassant dans la tiédeur délicate de sa nuque :

— Il faut que je dorme deux heures, je suis crevé, ensuite nous partirons.

Elle se tourna vers lui, cherchant sa bouche de ses lèvres, tout en chuchotant :

— Es-tu si épuisé que ça ?

Il éclata de rire, l'embrassa et se rallongea plus confortablement :

— Tout à fait, ou plutôt mieux vaut passer le moins de temps ici, alors repose-toi, départ dans deux heures.

Sur ces mots il ferma les yeux, sa respiration se ralentit par degrés et bientôt il dormait aussi paisiblement qu'un bébé. Elle se pelotonna un peu plus contre lui finissant par sombrer dans le sommeil, elle aussi. Il lui sembla qu'elle ne s'était assoupie que quelques minutes à peine, lorsqu'il la secoua avec entrain. Elle bougonna, les yeux gonflés de sommeil, effarée de le voir aussi en forme.

— Allez, lève-toi nous avons une longue route à faire.

Elle s'assit en maugréant, l'observant tandis qu'il triait le contenu des sacs à dos qu'il avait étalé sur la couverture, proprement par catégories.

— Je vais réduire notre charge et essayer que tu aies le moins à porter.

Dans le plus petit des sacs, il glissa un duvet, deux baudriers d'escalade, quelques rations lyophilisées, deux bouteilles d'eau minérale.

Il le soupesa d'une main avant de lui tendre.

— Qu'en penses-tu ? Pourras-tu porter ça ?

Elle s'agenouilla tandis qu'il remplissait l'autre sac avec un deuxième duvet, des cordes d'escalades, d'autres rations militaires, une petite trousse d'urgence, deux lampes frontales, deux blousons chauds. Elle mit le sac sur son dos, le trouva plutôt léger, il ne devait pas excéder les cinq ou six kilos, cependant qu'en serait-il au bout de plusieurs heures de marche en montagne ? Elle hocha toutefois la tête, ne voulant pas lui paraître mesquine, après tout il ne pouvait pas non plus tout porter !

Pendant ce temps il plaçait méthodiquement dans les poches de sa veste tactique des chargeurs pour son fusil et le pistolet automatique qu'il avait à la ceinture, à côté du long couteau de commando.

En le voyant faire, elle frémit, réalisant soudain que cela était en fin de compte tout sauf un jeu.

— Je suis désolée...

Il releva la tête, la dévisageant sans comprendre.

— De quoi serais-tu désolé ?

— Et bien, à cause de moi te voilà entraîné dans une histoire où de héros tu deviens un traître... Ce n'est pas ce que je voulais.

Il haussa les épaules avec désinvolture, avant de lui soulever le menton d'une main un peu rude, et de l'embrasser.

— Ne t'inquiète pas de ça ! Si tu es prête on y va.

Le soleil luisait haut dans le ciel lorsqu'ils se glissèrent hors de la grange, éblouissant Tamara une seconde. D'un pas sûr et vif, Liam l'entraînait déjà à sa suite au long d'un sentier escarpé, presque retourné à la nature. Sapins et épicéas poussaient au milieu de pentes et d'éboulis de roches, tandis que les graminées brûlées par l'été ondoyaient sous la brise automnale.

Quelques ultimes papillons aux ailes duveteuses et aux couleurs chatoyantes voletaient encore çà et là, enchantant la jeune fille. D'ici peu le froid de la saison aurait raison des derniers insectes, toutefois quelques irréductibles criquets et sauterelles sautillaient encore de-ci de-là, gambadant au même rythme que Tamara. Avec enthousiasme elle mettait ses pas dans ceux de l'immense commando, fascinée, émerveillée par le monde qui semblait s'offrir à elle. Avec excitation elle contemplait sans lassitude les paysages sauvages de montagne, ceux d'une flore jetant ses ultimes feux avant la rude coupure hivernale, en opposition à l'intemporalité minérale et immobile des roches granitiques. Tout la ravissait : le vol impérial et majestueux d'un grand aigle royal survolant les plaines, la fuite éperdue d'un lapin de garenne, la stridulation stridente d'une marmotte plus haut là-bas dans les alpages. Elle avançait, s'arrêtait, ramassait une fleur survivante de l'été, respirait un bouquet de thym ou de serpolet, puis s'avisant du retard pris sur le soldat qui progressait à une allure régulière, elle le rattrapait en quelques bonds de chèvre. Elle sautillait de roches en roches ou s'amusait à couper les virages de la sente, crapahutant alors au travers d'une végétation griffue et odorante dont elle ressortait hirsute, rouge et ravie.

Liam la regardait faire, partagé entre rire et irritation néanmoins il ne lui fit aucune réflexion, la laissant s'ébattre comme un cabri trop longtemps enfermé. Tôt ou tard elle se calmerait et la fatigue viendrait la remettre à l'ordre. Il avançait donc d'un pas ample et sûr, habitué aux longues marches, contemplant avec un sourire presque attendri son énergie et sa joie de vivre, alerte et sautillante.

De temps à autre il se tournait vers elle et lui tendait une bouteille d'eau, la forçant à boire quelques gorgées, sans quoi grisée par le grand air, elle n'aurait même pas pensé à s'hydrater ! Petit à petit la lassitude la ramena à plus de raison, son sac parut soudainement tirer sur ses épaules, ses jambes se firent lourdes et la pente parut plus abrupte. Sous ses pieds les cailloux roulaient, la déstabilisant. Ce qui était un jeu quelques minutes auparavant se transformait à présent en épreuve. Elle soupira, resserra sur ses hanches le pull qu'elle avait ôté, sans même plus prêter attention à la vue somptueuse qui s'étendait tout autour. Ralentissant un peu le pas, Liam lui jeta un coup d'œil :

— Accroche-toi à mon sac si tu veux et bois un coup.

Essuyant la transpiration qui perlait sur son front et collait ses mèches brunes, elle murmura en haletant :

— On ne peut pas faire une pause ?

Il lui tendit la main afin de l'aider à franchir un passage rocheux, tout en faisant :

— Non, il faut avancer. Comme tu le sais cette chaîne de montagnes fait une frontière naturelle avec le Mooraland, de nombreuses troupes patrouillent par ici. Notre seule chance c'est la mobilité. De plus si nous nous arrêtons tu auras encore plus de difficultés à repartir. Là tes muscles sont chauds, ils peuvent fonctionner.

Puis il rajouta dans un demi-sourire :

— Et comme disait mon instructeur, si tu as encore de l'énergie pour râler c'est que tu en as encore pour marcher !

Elle lui renvoya un regard furieux, bougonna mais rajustant son sac elle serra les dents et continua à avancer un pas après l'autre. Ils franchirent les limites des alpages, dégringolèrent des versants d'éboulis, grimpèrent par des raidillons abrupts qui sillonnaient les flancs rocheux de la montagne. Plus ils avançaient plus ils montaient en altitude. Les forêts de mélèzes étaient loin à présent, seule une végétation arbustive courte et rabougrie subsistait encore à ces altitudes. Bondissant de crêtes en crêtes quelques troupeaux de chamois et de bouquetins, s'égayaient en les voyant. De larges névés survivant de l'hiver précédent, s'étendaient sur les pentes en plaques imposantes et miroitantes. Autant que faire se pouvait, Liam les contournait. S'ils devaient les franchir, il le faisait avec d'infimes précautions, allant même jusqu'à les encorder pour certains. Au vu des ravins vertigineux qui semblaient les guetter tous deux de leurs gueules avides, Tamara ne trouvait pas cela un luxe de précaution !

Consultant régulièrement une carte et sa boussole, l'immense soldat les entraînait de ses amples foulées, toujours plus loin, toujours plus haut. Parfois la jeune fille se demandait si ces montagnes avaient une fin, ou bien si elles ne s'étendaient pas à l'infinie. Cependant sans plus protester, elle avançait comme une automate, concentrée seulement à ne pas se laisser distancer par Liam. Le regard obstinément fixé sur son dos, elle progressait vaille que vaille ne sentant plus ni ses pieds, ni ses jambes ni aucune partie de son corps, hormis ses avant-bras cuits par le soleil. Silencieusement, elle admirait Liam qui ne semblait souffrir ni de l'effort ni de l'ardeur du soleil. Avec une apparente facilité, il marchait d'un pas élastique, sans paraître ployer ni sous son sac, ni sous son lourd fusil-mitrailleur.

Chapitre 12

Peu à peu le soleil déclinait, embrasant de mille feux les pics couverts des neiges éternelles. Le spectacle était saisissant. Toutefois Tamara n'avait plus l'énergie pour s'émerveiller de quoi que ce soit. Elle ne pouvait que se demander s'ils allaient s'arrêter ou bien s'ils allaient devoir marcher ainsi toute la nuit.

Finalement dans les derniers rayons de soleil, Liam grimpa souplement quelques roches éboulées, aidant la jeune fille à se rétablir sur une large plaque calcaire qui s'étendait devant une grotte à demi dissimulée par un gros genévrier. D'un geste il laissa tomber son sac, tandis que Tamara le dévisageait avec hébétude. Doucement il lui déboucla son sac, lui ôta des épaules et le posa à côté du sien. Puis il la fit s'asseoir sur la pierre encore tiède de soleil.

— Repose-toi, même mon instructeur aurait reconnu que tu t'en es bien tirée !

Elle lui renvoya un sourire hésitant et fatigué, tandis qu'il la laissait souffler. Elle l'entendit aller et venir, fouiller les sacs, remuer des objets, cependant trop fatiguée elle resta affalée sur le rocher, les jambes ballantes dans le vide. Elle contempla les derniers rayons disparaître là-bas, comme avalés par les hautes cimes des montagnes. Lentement tout son corps moulu se détendit. Elle passa machinalement une main sur son ventre, sentant ses muscles tendus se relâcher et le bébé reprendre ses habituelles galipettes. Elle soupira de bonheur, tout entière gagnée par un sentiment de quiétude inconnue jusqu'alors. Tout n'allait pas si mal en fin de compte…

Liam prit place à sa gauche, tout en lui tendant un sachet sous vide et une bouteille d'eau. Il laissa lui aussi pendre ses longues jambes dans le vide, en soufflant avec une satisfaction semblable à celle de Tamara. Il jeta un coup d'œil à l'adolescente, en déchirant d'un coup sec l'opercule de son repas lyophilisé.

— Mange, c'est infâme mais ça te fera du bien.

Elle ouvrit le sachet, versa un peu d'eau à l'intérieur afin de réhydrater la ration, la reniflant avec circonspection. Le colossal commando lui, ne s'embarrassa pas outre mesure, il remua l'ensemble et commença à manger avec les doigts.

— Hum, y a pas de couverts ?

Il la dévisagea avant d'éclater de rire :

— Non, nous ne sommes plus dans le luxe du manoir si tu n'as pas remarqué !

Elle bougonna, plongea un doigt hésitant dans la mixture, la huma avant de la goûter du bout des lèvres. Liam la regardait faire, se retenant tout à la fois de se moquer d'elle ou de lui faire ingurgiter la nourriture de force. Elle hoqueta, saisit de dégoût.

— Ah c'est répugnant !

— Oui, que veux-tu les rations de la Patrie sont nourrissantes, calculées afin d'être redoutablement équilibrées, mais niveau gustatif ma foi, nous ne sommes pas Français pour prêter attention à ce genre de détails.

— Ouais ben là tout de suite je rêverai de changer de nationalité ! C'est immonde !

— Bah n'y fais pas attention, mâche et avale. Rétorqua-t-il avec un flegme issu sans doute d'une longue habitude. Pense à quelque chose de délicieux, ça t'aidera à faire passer, ajouta-t-il en la voyant rechigner.

Elle le dévisagea avec incertitude, avant de grommeler :

— À quoi veux-tu que je pense ? À la purée de l'École ?

— Bah tu peux imaginer ce que tu veux, moi par exemple, je me dis que ce sont des crêpes coulantes de confitures de fraises. Essaye !

— Je n'ai jamais mangé de crêpes figure-toi ! Où voudrais-tu que j'en eusse goûté ?

Il la regarda une seconde avant de hausser les épaules avec désinvolture :

— C'est vrai j'oubliais que tes expériences culinaires sont limitées.

— Comme tout l'monde je suppose, rétorqua-t-elle avec un brin d'humeur, avant de répliquer avec agacement. Et toi d'ailleurs où as-tu bien pu en manger ?

— J'ai dix ans de plus que toi, ce qui contribue fort heureusement à l'acquisition d'expériences aussi multiples que variées, non ? fit-il tout en lui renvoyant un sourire railleur.

Elle marmonna plus pour la forme qu'autre chose, mâchonna en hoquetant, s'efforçant cependant de ne pas focaliser son attention sur la mixture. Après tout cela ne semblait pas pire que bien des cantines auxquelles elle avait survécu ! Elle s'appuya contre l'épaule de Liam afin de savourer plus commodément l'éblouissant spectacle d'un ciel dégagé de toute pollution. Une à une les étoiles illuminaient la voûte céleste, renvoyant l'espoir d'éternité de leur lueur fantôme. Jamais Tamara n'avait contemplé pareille magie, ni ressenti un tel sentiment de plénitude. Elle se détendit tout à fait, renvoyant un sourire à Liam dont les yeux gris reflétaient étrangement la lueur pâle de la lune. Il lui retourna un regard interrogateur, tandis qu'il froissait machinalement le sachet qu'il venait de terminer.

Son sourire s'accentua, tandis qu'elle admirait son profil souligné par la froide lumière des étoiles. Il lui jeta un nouveau coup d'œil interrogatif, auquel elle répondit d'une voix soudainement basse :

— Tu sais tu n'es pas obligé d'essayer de me cacher le côté tatoué de ton visage. Je m'y suis accoutumée.

Il détourna la tête, serrant un instant les mâchoires, avant de lâcher :

— C'est vrai, mais ces tatouages ne résument ni qui je suis ni qui je veux être, alors peut-être que je ne veux pas trop que tu t'y habitues...

Puis il souleva son menton d'une main avant de l'embrasser très doucement avec une tendresse qui la bouleversa. Avant même qu'elle ait le temps de réagir il se leva avec une souplesse issue sans aucun doute de longues heures d'entraînement, et devenue alors une seconde nature. Il lui tendit la main afin de l'aider à faire de même, tout en remarquant :

— Le froid va vite tomber à cette altitude, allez viens il est grandement temps de se reposer.

Il l'entraîna à l'intérieur de la grotte, dont l'entrée petite et confinée, masquait un antre de belle taille. Sans doute en des temps reculés, d'autres hommes y avaient-ils eux aussi trouvé refuge. Les parois de granit portaient encore la trace d'anciens feux, tandis que l'aura de ces chasseurs semblait encore en imprégner l'atmosphère. Le sol était presque sablonneux, toutefois Liam avait coupé quelques brassées d'herbes afin d'en faire une couche un tant soit peu moelleuse. Il avait appris depuis fort longtemps qu'il ne fallait jamais négliger la qualité du repos. Bien récupérer pouvait aisément faire la différence entre la vie ou la mort. Il fouilla dans les sacs à dos, en sortit les duvets qu'il posa sur le lit improvisé, qui exhalait le foin frais. Ensuite de quoi il s'assit et entreprit de délacer ses rangers avec un soupir satisfait. Il releva la tête tout en déposant proprement ses lourdes chaussures de marche, lançant à Tamara avec un brin d'ironie :

— Si jamais tu ne trouves pas ce matelas à ton goût je te mets une fessée, on est d'accord ?

Elle haussa les épaules, détacha ses cheveux avant de se laisser tomber à côté de lui, tout en chuchotant :

— Chiche...

Il éclata de rire, défit sa ceinture qu'il rangea tout aussi précautionneusement à côté de ses rangers, l'étui contenant son pistolet automatique soigneusement posé au-dessus. Puis il s'allongea simplement sur son duvet avec un grognement satisfait de toute sa longue carcasse.

D'une rotation des chevilles elle ôta ses boots qui valdinguèrent quelque part, en même temps qu'elle enlevait son pull. Il l'arrêta cependant d'un geste, avant de l'attirer contre lui.

— Reste habillée, il va faire froid cette nuit...

Il ne lui expliqua toutefois pas, afin de ne pas l'effrayer plus que nécessaire, que mieux valait aussi qu'ils soient prêts à décamper aussi rapidement que possible en cas d'urgence...

Avec bonheur elle se lova contre lui, respirant son odeur chaude, rassurante, mêlée à celle fleurie de l'herbe coupée. Avec un sentiment troublant d'étonnement incrédule et de ravissement pur, il glissa sa main sous le pull de Tamara, la posant à même son ventre arrondi, frappé par sa douceur, par ces mouvements fluctuants et tout ce qu'ils signifiaient. Bizarrement la responsabilité qui lui incombait, non seulement de cette grossesse, mais de leur sécurité à tous, ne l'écrasait pas, mais le stimulait tout au contraire. Elle mit sa main, si petite, sur la sienne tout en murmurant :

— Crois-tu que nous ayons raison ? Crois-tu que ce que nous faisons est le mieux ?

— Que veux-tu dire par là ?

— Tu le sais bien voyons ! Nous faisons passer nos désirs individuels avant ceux de la communauté, en étant persuadés d'avoir raison, et si c'était faux ? Et si notre égoïsme nous trompait ?

Doucement il la serra un peu plus contre lui, sentant son cœur battre précipitamment. S'efforçant au calme, il fit d'un ton qu'il souhaita apaisant :

— Ce n'est que de la propagande tout ça, tu le sais ! Aucun être humain ne devrait se voir imposer de tels sacrifices. Alors oui nous avons raison !

Avec un sanglot étouffé, elle bredouilla :

— Comment peux-tu en être si sûr ? Et si nous étions incapables d'élever le bébé ? Nous ne sommes pas formés pour ça, comment allons-nous faire ? Peut-être serait-il mieux dans l'une des pouponnières de la Patrie ?

D'un seul mouvement il la fit pivoter afin de la regarder bien en face, la transperçant de son regard métallique brillant d'une sourde colère :

— En aucun cas tu ne dois penser ça ! Rien ne remplace une famille, rien ! Cet enfant a des parents, il n'a besoin de rien d'autre.

Elle ouvrit la bouche pour protester, cependant il lui coupa la parole, s'efforçant au calme :

— C'est normal que tu te poses des questions, mais fais-moi confiance, tout va bien se passer, n'aie pas peur. Il ajouta ensuite d'une voix presque douce :

— Ne veux-tu pas lui offrir ce qui t'a toujours été refusé ?

Elle cilla, avant de répondre :

— Bien sûr que oui ! Mais comment toi, peux-tu être si convaincu de la justesse de nos actes ?

Il retint un court sourire, avant de lâcher presque gaiement :

— Mes dix années de plus qui outrent des expériences gastronomiques, m'ont permis de réfléchir et de me forger par moi-même certaines opinions.

Elle fit une moue peu convaincue tout en marmonnant :

— Voilà un argument un peu facile non ?

— C'est un raisonnement parmi d'autres ! Un autre encore plus simple serait de te demander ce que tu préfères : rester toute ta vie de femme à mettre au monde des enfants que tu ne verras jamais grandir ou essayer de découvrir une autre possibilité…

Elle accusa le coup, ne se rappelant que trop bien de la vie des Mères, de ce huis clos sans fin, sans évènement hors l'apparition ponctuelle de donneurs inconnus, l'annonce de grossesses non voulues et cependant annuelles, la souffrance de délivrance qui les privait de leur enfant, avec comme seul et unique lien avec leur bébé les rituels bi-journalier de tirage de lait. Avec un frisson d'horreur Tamara se souvint de la salle de lactation, où les Mères venaient tirer leur lait à l'aide de machines bruyantes et certainement douloureuses, lait qui serait ensuite conditionné et distribué dans les pouponnières, puisque rien ne pouvait remplacer le lait maternel… Voilà la seule et unique chose qu'elles pouvaient encore donner à leur bébé…

Lentement elle hocha la tête, son regard clair retrouvant tout à coup tout son éclat :

— Tu as raison…

Elle se nicha alors contre lui afin de chercher la chaleur rassurante de ses bras tandis qu'il se penchait vers elle pour l'embrasser avec toute la douceur et la sensualité dont il était capable.

Chapitre 13

Au petit matin, les premiers rayons du soleil vinrent caresser le visage de Tamara, la tirant du sommeil. Elle papillonna un instant, avant d'ouvrir tout à fait les yeux en grimaçant. Elle repoussa d'un geste machinal ses longues mèches brunes, hirsutes et emmêlées d'herbes sèches et de fleurs odorantes. Repoussant son duvet elle chercha Liam du regard tout en s'asseyant. Elle était seule dans la grotte, nulle trace du commando. Ni ses rangers, ni son fusil-mitrailleur n'étaient là. Elle refusa de s'inquiéter, pourtant son cœur battit plus fort. Presque fébrilement elle récupéra ses boots parties se cacher dans des coins improbables, les enfila hâtivement avant de se précipiter au dehors en repoussant l'exubérant genévrier.

Là le spectacle du soleil se levant sur les cimes enneigées, lui coupa presque le souffle. Porté par des courants ascendants un milan noir était déjà en chasse. La nuit refluait, les montagnes se réveillaient.

Une seconde éblouie, l'adolescente oublia ce pourquoi elle s'était ainsi précipitée, avant de percevoir un mouvement en contrebas. Elle retint sa respiration, soudain effrayée avant de reconnaître la haute silhouette de Liam. En bas de treillis, le torse nu scintillant de gouttelettes qui soulignaient non seulement sa carrure, mais toute sa musculature, il remontait vers la grotte, son fusil-mitrailleur à la main et un sac pendu sur une épaule.

Avec une joie à la hauteur de son soulagement elle se précipita vers lui, dévalant la pente telle une chevrette folle et impétueuse. Elle se jeta dans ses bras, l'embrassa. Tout était si simple. Il la serra contre lui, étonné comme toujours par la vague de bonheur qui le submergeait lorsqu'il la tenait ainsi contre lui. Jamais il n'avait rien éprouvé de tel. Il aurait souhaité que cet instant perdure mille ans, pourtant il la reposa presque aussitôt sur l'herbe humide de rosée. Il était plus que temps qu'ils se préparent, la route serait encore longue aujourd'hui.

— Si tu veux aller te laver, il y a un petit torrent qui coule un peu plus bas. Nous partons d'ici un quart d'heure, d'accord ?

Elle hocha la tête, faisant tressauter la masse ébouriffée de ses cheveux qui s'illuminaient d'or sous le soleil matinal. Elle le regarda regagner la grotte avant de se décider à bouger. Se laissant entraîner par la pente, elle galopa dans l'herbe qui lui trempa boots et chaussettes, sans qu'elle y prenne garde. Elle entendit alors le clapotis vif d'un ruisseau et découvrit une petite source qui jaillissait au milieu d'un lit de mousse, avant de cascader jusque dans la vallée.

Elle s'accroupit, plongeant allègrement un doigt dans l'eau vive et claire. Elle le retira aussitôt en réprimant un cri de surprise, l'eau était glaciale ! Hors de question qu'elle y trempe quoi que ce fût de plus ! Comment Liam pouvait croire qu'elle mettrait un orteil là-dedans ? Elle secoua la tête en grommelant, puis tenta de démêler du bout des doigts sa longue chevelure. Le résultat n'était pas très glorieux, elle ne réussit même pas à en ôter toutes les herbes folles. Avec résignation elle les attacha en une vague queue-de-cheval qui venait joyeusement battre son dos. Puis tel un jeune bouquetin, elle repartit en courant vers la grotte, sautillant de rochers en rochers.

Liam se tenait debout devant un arbuste sur lequel il avait suspendu un miroir minuscule, se rasant avec concentration. Il entendit venir la jeune fille, néanmoins il ne se tourna pas avant d'avoir achevé de se raser. Il referma ensuite dans un claquement sec la lame affûtée de son coupe-choux. Il récupéra son miroir, glissa le tout dans l'une des larges poches de son treillis, avant de passer une main sur son visage. Cela souligna encore davantage l'étrangeté de ses tatouages. Ce n'était pas parfait mais cela irait pour aujourd'hui songea-t-il.

Tamara se percha sur bloc de granite afin de se retrouver un tant soit peu à sa hauteur, tout en s'exclamant avec une gaieté un brin moqueuse :

— Eh bien j'ignorai que les commandos étaient aussi coquets dis donc !

Enlevant entre deux doigts une marguerite fanée, égarée dans les mèches châtaines de la jeune fille, il rétorqua paisiblement :

— Ça s'appelle juste de l'hygiène élémentaire et certaine devrait prendre exemple. Maintenant si tu as terminé de hum, te préparer, nous allons pouvoir lever le camp.

Quelques minutes plus tard ils avançaient, sacs sur le dos, au long d'une sente qui sillonnait les flancs arides de la montagne. Tout en marchant il tendit une ration à Tamara qui la prit en soupirant, se gardant toutefois de la moindre réflexion. De toute façon ni Liam ni son estomac ne semblaient vouloir entendre ses récriminations gustatives ! Finalement manger tout en cheminant dans ces paysages somptueux lui fit oublier le goût incertain de cette nourriture. Elle grignota joyeusement tout le contenu de son sachet, sans même s'en apercevoir. Liam la surveillait du coin de l'œil, soulagé non seulement de savoir qu'elle avait absorbé son content de calories mais aussi de voir qu'elle avait retenu la leçon de la veille, se gardant bien de courir de-ci de-là. Tout au contraire elle avançait dans ses pas, avec un calme admirable.

Il ne dit rien cependant, se contentant de marcher un peu moins vite qu'à son ordinaire afin de s'adapter à son allure sans qu'elle s'en aperçoive. La route serait longue afin de parvenir jusqu'à la frontière. Au-delà, ce serait encore plus dur, plus dangereux. Mieux valait donc ménager ses efforts.

L'œil aux aguets, insensible, à la beauté majestueuse des paysages, il progressait avec une régularité de métronome, escaladant pentes et ravines sans ralentir ou s'essouffler. Parfois la jeune fille, hors d'haleine, avait bien du mal à suivre sa cadence. Elle s'y efforçait en marmonnant, se demandant parfois si ses tatouages mécaniques ne dévoilaient pas une réelle nature robotique ! Puis il lui tendait une main accompagnée d'un sourire, afin de l'aider à franchir un passage abrupt, balayant sans le savoir toute suspicion d'inhumanité. Les heures s'écoulaient, ils avançaient toujours. Le jour commençait à décroître, ils n'avaient fait que quelques courtes pauses et encore seulement afin de ménager Tamara en prévision de ce qui les attendait un peu plus haut.

Chapitre 14

La frontière avec le Mooraland était là, presque à portée de main. Elle s'étendait juste en contrebas de la falaise qui venait couper la montagne avec la rudesse et la précision d'un coup de hache. Tout à coup, Liam poussa brutalement Tamara derrière un buisson lui intimant d'un geste, l'ordre de se taire. Elle réprima cri de surprise et cri de douleur, car l'arbuste était agressivement armé de piquants et savait s'en servir. Le colossal commando se coula à ses côtés, le regard braqué sur la crête qui se découpait dans le clair-obscur du crépuscule. Avec des gestes lents et mesurés, il ôta la sécurité de son fusil-mitrailleur avant de l'épauler. Tamara blêmit, tout soudain terrifiée. Elle l'attrapa par le bras, l'interrogeant du regard. Du bout du canon il écarta précautionneusement l'une des branchettes souples du buisson, désignant dans le prolongement exact de son arme, une silhouette qui arpentait un sentier au long de la crête surplombant l'abîme de la falaise. Un soldat de la Patrie cheminait sur le sentier, sentinelle solitaire mais néanmoins vigilante de la sécurité du Peuple.

Tamara sentit un froid de glace tomber sur sa poitrine. Comme Liam ajustait avec application son tir, elle crispa sa main sur son bras, secouant impétueusement la tête sur un non affolé. Il lui lança un coup d'œil agacé, le manque de luminosité soulignant étrangement la froideur de ses yeux. Elle réitéra son geste, l'appuyant d'un non articulé en sourdine.

Comment pourraient-ils vivre après avoir assassiné un innocent ? Comment pourraient-ils construire un futur au prix d'une autre vie… C'était impossible. Elle en eut crûment la certitude. Comment faire comprendre cela à Liam ? Peu importait le nombre d'hommes qu'il avait tué auparavant, cette nuit était différente, ce qu'ils faisaient ils ne le faisaient pas au nom d'un pays mais pour eux-mêmes. La responsabilité leur incombait tout entière.

Les larmes aux yeux elle s'accrocha à lui, hurlant silencieusement son désaccord. Il serra les mâchoires, la repoussa sans comprendre. Ajustant à nouveau son arme il releva brusquement la tête, furieux ; Les quelques secondes d'altercation muette avaient suffi pour que la sentinelle s'éloigne. On le voyait à présent arpenter le sentier, minuscule silhouette se détachant dans la mince clarté de la nuit naissante.

Les maxillaires crispés, le commando lança un regard furibond à la jeune fille, se retenant afin de ne pas l'invectiver vertement. Il préféra toutefois respirer un grand coup afin de reprendre tout son contrôle, focalisant son attention sur les agissements lointains du soldat. De l'une des poches de son gilet tactique, il sortit une mince paire de jumelle à vision nocturne, qu'il braqua sur la sentinelle qui se confondait à présent avec les masses granitiques de la montagne.

Il la suivit de longues minutes avant de se retourner enfin vers Tamara. Posément il rangea ses jumelles, releva son arme, faisant signe à la jeune fille de ne faire aucun bruit. Doucement, sans même faire frémir l'arbuste, il se glissa à découvert, rampant à demi avec une lenteur étudiée. Tamara le suivit, calquant ses mouvements sur les siens, veillant à ne pas faire rouler de cailloux sous ses pieds ou faire quoi que ce soit qui pourrait alerter les gardes et surtout lui attirer les foudres de Liam !

Ils progressèrent ainsi durant de longues minutes qui parurent des siècles à Tamara, profitant de la moindre disposition du terrain, rochers ou maigre arbuste, pour avancer quasi invisible.

Ils parvinrent enfin sur le sentier qui serpentait au sommet de la crête, longeant les abîmes de la falaise. Avec stupéfaction, Tamara s'aperçut que ce n'était en rien un simple chemin poussiéreux, mais une belle voie maçonnée et sécurisée. Liam ne lui laissa toutefois pas le loisir de s'interroger sur ce mystère, car à demi courbé, son arme à la main, il l'entraîna au pas de course vers un endroit bien précis que lui seul semblait voir. L'attrapant d'une main, il la propulsa sous une sorte de voûte aménagée par l'homme. Posant autoritairement un doigt sur sa bouche, il lui réitéra l'ordre de se taire. La plaquant contre la paroi en roche, il lui fit signe de rester là tandis qu'il s'avançait, ombre impitoyable parmi les ombres. La gorge étreinte d'effroi elle le regarda disparaître dans les ténèbres. Elle resta rivée contre la roche glacée, pétrifiée de peur. Elle n'entendait rien, même pas le bruit infime de ses pas, rien hormis le hululement lointain d'un grand-duc en chasse, puis soudain le choc sourd d'une chute. Son cœur bondit dans sa poitrine lorsqu'une main se posa brutalement sur la bouche, l'empêchant de crier. Presque aussitôt elle reconnut Liam. De soulagement les larmes lui montèrent aux yeux, sans même qu'elle y prenne garde. Elle se jeta dans ses bras. Il la serra un instant afin de la rassurer, néanmoins il lui fit presque aussitôt signe de le suivre.

En quelques pas ils se retrouvèrent sur une sorte de belvédère, surplombant l'abîme vertigineux. Une solide rambarde en sécurisait le pourtour, tandis qu'un vieux panneau rouillé se balançait encore au gré du vent qui remontait depuis la vallée. Posant son sac, Liam s'accroupit. C'est seulement à ce moment-là que la jeune fille remarqua le corps d'un soldat, étendu là. Elle se mordit violemment les lèvres afin de s'interdire de hurler, tout en lançant un coup d'œil désemparé à Liam, qui agenouillé à côté du soldat lui retirait sa ceinture.

— Il... Il... est mort ? Tu l'as tué ?

Sans même se retourner, le commando haussa les épaules tout en enroulant sans ménagement la ceinture autour des mains du garde.

— Mais non ! Tu crois que je prendrai le temps de l'attacher si c'était le cas ?

Déchirant d'un geste sec un bout de l'uniforme du soldat, il lui en fit un solide bâillon, avant de se relever. Il ôta alors son sac à dos, l'ouvrit afin d'en sortir baudriers et corde. Il fit signe à la jeune fille de poser son sac et d'enfiler son baudrier. Il le lui ajusta rapidement avant de s'équiper lui-même et de l'attacher avec la corde. Il passa son arme en bandoulière, faisant signe à Tamara de le suivre. Ils s'avancèrent jusqu'à l'extrême bord là où le belvédère touchait la roche, là où un autre panneau tout aussi vieux que le précédent annonçait : « le chemin des morts » où quelque chose d'approchant. Tout à coup Tamara réalisa où ils étaient et surtout ce qu'ils s'apprêtaient à faire. Terrifiée, elle saisit Liam par le bras tout en chuchotant d'une voix tremblante :

— Cette voie est fermée depuis le début de la guerre !

— C'est notre seule issue. Elle est encore en état. Ça va aller...

Elle secoua la tête, affolée :

— Liam ! Tu es inconscient ! Je sais où on est, cette via était déjà dangereuse, suicidaire, lorsqu'elle était entretenue et tu veux nous la faire prendre maintenant !

Avec une douceur inattendue il saisit son visage entre ses mains, la fixant dans les yeux :

— On surnommait cette voie « le chemin le plus dangereux du monde », parce qu'elle longe une falaise verticale de plus de 2000 mètres et qu'elle se termine par la tyrolienne la plus haute et la plus longue du monde. Il y avait chaque année une centaine de morts, due la plupart à l'inconscience et l'irresponsabilité des gens, ce que nous ne sommes ni toi ni moi n'est-ce pas ? C'est le seul point de la frontière qui est aussi peu surveillé, c'est notre seule chance de gagner un monde un peu plus libre.

Ses yeux verts s'emplirent de larmes. Elle ouvrit la bouche pour protester, mais il la serra contre lui, murmurant à son oreille :

— Ne t'en fais pas. J'ai visionné tous les relevés satellites que j'ai pu, la voie est encore en bon état. Fais-moi confiance. D'accord ?

Il la sentit trembler entre ses bras. Il resserra un peu plus son étreinte comme pour lui communiquer sa force, avant de l'embrasser avec une douceur étrange qui ne cachait rien de ses sentiments.

Il l'entraîna ensuite tout au bord du vide, là où commençait la via ferrata. Il lui montra rapidement le système des dégaines et la manipulation des mousquetons afin de se sécuriser sur les câbles prévus jadis à cet effet.

— Ne regarde pas en bas. Concentre-toi sur tes pieds et tes mains, d'accord ?

Elle hocha brièvement la tête, trop effrayée pour dire quoi que ce soit. Accrochant son propre mousqueton sur le filin, il s'élança sur la mince passerelle, large d'à peine une dizaine de centimètres, avec une assurance peu en rapport avec les planches branlantes. Tamara, les mains tremblantes, remonta la fermeture éclair de son blouson, ajusta un peu plus son bonnet sur ses oreilles, avant d'accrocher à son tour son mousqueton, puis d'avancer un pied après l'autre. Elle sentit les planches plier et gémir sous son poids, tandis que le vent soufflant en brusques bourrasques, la déstabilisait. Les pieds à demi dans le vide, elle progressait en lents tâtonnements, cramponnée d'une main à son mousqueton et de l'autre au câble rouillé. La corde qui la reliait à Liam se tendait souvent, obligeant celui-ci à l'attendre. Il l'encourageait à mi-voix, effrayé pas tant par la voie que par les sentinelles. S'ils étaient découverts, il serait aussi facile de les éliminer que d'écraser une puce sur le dos d'un chien galeux. Ils devaient se dépêcher.

Petit à petit Tamara gagna en assurance. Elle s'interdit de regarder plus loin que la surface lisse de la falaise, ne voulant à aucun prix défier l'abîme qu'elle sentait tout autour d'elle. Elle n'était par chance, pas sujette au vertige, toutefois depuis qu'elle était enceinte la conscience de son corps était amoindrie ou du moins différente, son équilibre s'en ressentait bien évidemment. Elle redoubla donc de prudence, ne voulant pas trébucher stupidement.

Chapitre 15

Tout en avançant aussi vite qu'elle le pouvait, elle se demandait comment des gens avaient pu de leur plein gré venir ainsi mettre leur vie en danger. C'était un vrai mystère pour elle. Cette pensée l'occupa toutefois assez pour la faire remarquablement progresser jusqu'à la première échelle qui descendait sur plusieurs dizaines de mètres au long de la paroi de granite. Les échelons en fer étaient scellés dans la roche qui avait pris tout autour de belles teintes rouille. Sans même une seconde d'hésitation le commando clipsa sa dégaine sur le câble courant au long des barreaux, et s'élança dans le vide. Tamara le regarda disparaître avec un frisson de peur : s'il glissait ? S'il tombait ? Si cette échelle qui n'en était pas une se disloquait sous ses pieds ? Son cœur se décrocha tandis qu'une lame glacée lui coupait le souffle, l'empêchant soudain de faire un pas de plus. La corde qui la retenait à Liam se tendit subitement, alors qu'il s'exclamait :

— Descends, dépêche-toi !

Elle secoua la tête, tentant de repousser ses idées cruellement réalistes. Tout en se retenant d'une main au câble en acier, elle tâtonna dans le vide du bout du pied afin de trouver le premier échelon, éprouvant un intense soulagement lorsqu'elle sentit la rigidité de la barre en fer sous ses orteils. Sans parvenir à complètement oblitérer les milliers de mètres de vide qui l'entouraient, elle entama néanmoins la descente, les mains tremblantes, s'évertuant à respirer et à ne pas penser. Surtout ne pas penser ! Par chance la nuit était noire, le ciel couvert n'offrant que peu de luminosité, cela ne permettait pas de pouvoir admirer le grandiose panorama qui s'étendait en survol sur toute la vallée en contrebas et les montagnes plus loin.

Liam l'attendait sur le dernier degré, avec un sourire, à croire qu'il s'amusait !

— Ça va ? La voie est encore en bon état, tu as vu ce n'est pas très difficile. Il va falloir qu'on accélère un peu le rythme à présent, d'accord ?

Elle marmonna quelque chose d'incompréhensible, auquel il ne prêta pas attention. Il se contenta d'accrocher son mousqueton sur le filin suivant, tout en remarquant :

— Tu feras attention après c'est un simple câble qui sert d'appui aux pieds.

Elle leva les yeux au ciel avec agacement et fatalisme, s'évertuant malgré tout à avancer aussi vite que lui, suspendue entre ciel et terre à deux simples câbles posés là, il y a des dizaines d'années certainement. Après l'épreuve du filin ils descendirent une sorte d'escalier vertical, aux marches taillées à même la roche. Au bas de celui-ci, ils retrouvèrent le chemin de planches qui sembla tout à coup un havre de sécurité et de facilité à Tamara, jusqu'au moment où, il fallait s'y attendre, et l'adolescente s'y préparait avec angoisse depuis le départ, des planches, il ne restait plus que le souvenir des pitons sur lesquels elles avaient reposé avant de disparaître et s'écraser des milliers de mètres plus bas.

Sans même se poser la moindre question, Liam avança, en posant seulement les pieds sur les pitons, aidé par ses longues jambes. Heureusement ce passage n'excédait pas quelques mètres, le chemin en planches plus ou moins stables continuait un peu plus loin. Sans ralentir, Liam franchit la difficulté avec une facilité irritante alors que Tamara se demandait comment elle-même allait bien pouvoir faire.

— Tiens-toi au câble, regarde juste où tu dois poser les pieds. Ne pense à rien d'autre.

Elle le considéra avec incertitude, tout en jetant un coup d'œil au vide qui semblait vouloir la happer.

— Ne t'inquiète pas, je t'assure, si jamais tu glisses je te tiens en plus de la dégaine.

Cramponnée au câble qui lui entaillait les mains, collait à la paroi, elle serra les dents sur sa peur, refusant de paraître timorée aux yeux de Liam. Comme dans un rêve ou un cauchemar, avec une conscience séparée de son propre corps, elle passa l'épreuve, mue par sa seule volonté. Sans même bien savoir comment elle se retrouva de l'autre côté, dans les bras de Liam qui la serra un instant contre lui tout en l'embrassant fugitivement.

— Tu vois c'était facile…

Elle faillit répliquer puis remarquant son sourire en coin, elle s'abstint et préféra en rire. Tout à coup elle se détendit, le vide ne fut plus si oppressant, c'est presque joyeusement qu'elle poussa Liam à se remettre en route. Ils progressèrent quelque temps avec une synchronisation presque parfaite, Tamara accordant ses mouvements à ceux du commando avec une facilité presque étonnante. Elle ne songeait plus à la précarité de leur situation, où un geste mal assuré pouvait les faire déraper et s'écraser là-bas dans la vallée. Elle se déplaçait avec une aisance débarrassée de toute peur, faisant irrémédiablement confiance à son compagnon et advienne que pourra.

Au gré de leur avancée, ils doublèrent une cavité visiblement creusée par l'homme.

— Tu sais ce que c'est ? questionna Tamara en montrant la petite excavation d'un mouvement du menton.

— Oh, oui c'était la place du photographe, répondit Liam avec une sorte d'évidence.

— Le photographe, s'étrangla presque la jeune fille, les yeux écarquillés d'incompréhension.

— Mais oui, lorsque les touristes venaient ici avant la guerre, ils aimaient revenir avec un souvenir de leur exploit. D'où le photographe qui pouvait les prendre au plein cœur de l'action !

Ils progressèrent encore quelques minutes avant qu'il reprenne.

— Tu sais ce chemin a été bâti par un moine, il a mis presque trente ans à le réaliser. Il mène à un temple posé en équilibre sur la crête d'une montagne solitaire que seule cette falaise vient effleurer.

— Il n'avait vraiment que ça à faire de sa vie ! s'exclama Tamara tout en luttant avec son mousqueton afin qu'il coulisse au long du câble en piteux état.

— Faut croire, ou alors il avait beaucoup de choses à expier ! Il paraît qu'il est mort dès que le temple a été fini, mais bon c'est peut-être une légende, j'en sais rien.

Un instant les nuages s'écartèrent, laissant la pâle lueur de la lune frôler la falaise, souligner la silhouette de Liam suspendue presque nonchalamment dans le vide, caresser une seconde son visage, effleurer sa mâchoire, son sourire, pour s'attarder sur son regard comme si toutes les lumières de la nuit avaient voulu se noyer dans ses yeux gris et l'investir de leurs forces. Est-ce à ce moment-là précisément que Tamara réalisa la puissance de ce qui la liait irrémédiablement à lui ? Peut-être, elle comprit toutefois dans une sorte d'évidence, que le lien qui les unissait ne pourrait se dénouer. En aucun cas. Cette certitude ne l'effraya même pas. Elle lui renvoya un semblable sourire et continua à avancer.

Fort de leur rythme en parfaite osmose, ils parcoururent les dernières passerelles et échelles avant de parvenir enfin à un petit renfoncement marquant le départ de la tyrolienne. Détachant deux poulies de sa ceinture, il en tendit une à Tamara, à laquelle elle fixa le mousqueton de sa dégaine, perdant peu à peu toute sa belle assurance. Le câble, épais, tranchait l'obscurité de la nuit d'un trait plus profond encore. Il s'étirait à l'infini, se perdant dans la noirceur de l'abîme sans qu'il soit possible d'en voir la fin. En avait-il seulement une ?

Le vent, le froid, la peur firent trembler la jeune fille qui craignit tout à coup d'être totalement incapable de se jeter ainsi dans le gouffre. Son fin visage tendu d'appréhension, elle s'accrocha au bras de Liam, lui lançant un regard éperdu. Il la serra une seconde contre lui, tout en murmurant :

— Ne t'en fais pas, ça va aller. Le câble est encore bon. À l'arrivée pense à placer tes pieds en avant ; D'accord ? Ça va aller vite, très vite, mais tu ne risques rien.

Prenant la poulie de Tamara il la fixa sur le câble en acier, tout en détachant la corde qui les assurait mutuellement. Tamara se mit à trembler. Elle se raccrocha un peu plus à lui, tout en lançant d'une voix blanche :

— Je ne peux pas faire ça…

— Si. Tu y vas et tout de suite. Je te suis ne t'en fais pas.

Un bruit plus haut sur la falaise, fit ciller le commando ; Il bouscula presque la jeune fille.

— Dépêche-toi ! Des soldats arrivent !

Il lui plaça d'autorité les mains sur la dégaine, et sans plus attendre, la poussa dans le vide. Elle bascula, emportée à une allure qui alla en s'amplifiant, surprise et si terrifiée qu'elle en oublia de crier ! Le vent sifflait à ses oreilles, tandis qu'elle prenait de plus en plus vitesse. Pendant quelques secondes, elle fut tellement submergée par une peur incommensurable, qu'elle en omit de respirer, les mains presque tétanisées sur la sangle. Puis petit à petit, sa frayeur diminua, remplacée par un stupéfiant sentiment de liberté. Tout soudain, il lui sembla voler comme un oiseau, ou du moins une gigantesque chauve-souris au vu de l'heure ! Malgré elle, elle se prit à esquisser un sourire, alors même qu'elle était emportée à une allure que peu de Cerbydau pouvaient se vanter d'avoir atteinte.

À un moment le câble frémit et se balança, ce qui la chahuta une seconde. Liam avait dû lui aussi s'élancer sur la tyrolienne. Un poids tomba de sa poitrine à cette pensée, lorsque tout aussitôt la nuit résonna du claquement sec d'armes à feu. Instinctivement elle tourna la tête afin de voir d'où venaient les tirs, ce qui la fit terriblement bouger sans pour autant ralentir sa descente. Elle aperçut fugitivement le trait rougeoyant de quelques balles traçantes accompagnées d'un sinistre chuintement. Tout à coup le câble s'agita, comme pris par une tempête, tandis que l'aboiement rauque d'un fusil-mitrailleur répondait aux tirs venus depuis la falaise. Elle se cramponna un peu plus, ferma les yeux en priant pour que la poulie ne saute pas du câble ou que le câble, déjà hors d'âge, ne se rompe pas.

Les armes se turent, est-ce par défaut de combattants ou par trop d'éloignement ? Elle espéra de tout son cœur que ce fut la deuxième option. Cependant, follement emportée dans la nuit elle ne pouvait rien faire. La descente sembla durer, ne jamais avoir de fin lorsque soudain la cime des arbres parut monter vers Tamara à une vitesse hallucinante. Sans même réfléchir elle remonta les jambes et les tendit devant elle alors qu'elle déboulait avec un sifflement au travers de la forêt. Les arbres ayant poussé depuis le dernier entretien des lieux, elle se prit donc quelques gifles du bout des branches sans que cela freine son effroyable descente. Elle commença à s'affoler, s'imaginant déjà écrasée comme un moucheron à l'arrivée, mais sa vitesse se réduisit au même instant et quelques secondes plus tard elle vit la passerelle servant de lieu d'atterrissage, si on peut dire. Sa course folle se termina soudainement dans un butoir, bien en deçà des arbres. Il n'y avait en réalité aucun risque d'écrasement ! Elle s'arrêta en désordre et dans un tel choc qu'elle ne put s'empêcher de crier. Elle se balança quelques secondes en tourbillonnant avant de pouvoir se stabiliser du bout du pied sur le plancher en bois. Elle entendit le crissement tout proche de l'autre poulie, aussi se hâta-t-elle de détacher le mousqueton et de sauter sur le côté, malgré ses doigts gourds dus au froid et ses jambes singulièrement lourdes.

En titubant elle fit un pas en arrière, s'agrippant à la rambarde juste au moment où Liam déboulait. Il se détacha avant l'arrivée, se réceptionnant souplement juste devant elle. Avec lui tout semblait d'une facilité énervante !

— Alors c'était chouette hein ? dit-il avec un sourire dont elle ne savait s'il était sincère ou railleur.

Un peu des deux sans doute !

Des larmes de soulagement coulant sur ses joues, sans même qu'elles les sentent, elle se jeta dans ses bras retrouvant avec une sorte de bonheur hystérique la rudesse de son étreinte, la chaleur de son souffle dans sa nuque, le goût de ses lèvres sur les siennes. Ils avaient réussi. Ils avaient passé la frontière. Ils étaient vivants.

Elle faillit hurler de joie quand tout à coup elle sentit une sorte de liquide tiède lui poisser les doigts, tandis que Liam frémissait. Elle s'écarta aussitôt, contemplant sa main avec incertitude, bien qu'elle le sache déjà, il n'était nul besoin de voir ses doigts maculés de sang.

— Tu es blessé... ! s'écria-t-elle avec épouvante.

À sa vive stupéfaction, il éclata de rire, l'embrassa avant de répondre.

— Ce n'est rien, une égratignure, ils m'ont raté d'un mètre !

Se débarrassant de son baudrier, il ajouta :

— Allez vient l'aventure n'est pas finie.

— Mais... Il faut te soigner !

Il fut à nouveau secoué par un gros rire, qui la prit au dépourvu.

— Tu as des notions de médecine ? On n'est pas dans un film Américain tu sais, donc t'inquiète pas, ça va très bien aller, surtout sans bandage fait avec un bout de chiffon bourré de bactéries.

Mettant son fusil automatique en bandoulière, il attrapa les montants de l'échelle qui permettaient de descendre de la plateforme et s'y engagea sans plus attendre. Tamara resta un instant stupéfaite, puis déboucla son baudrier qui tomba sur les planches avec un bruit sourd avant de le suivre tout en bougonnant.

Chapitre 16

Elle était épuisée, trop de marches, trop de tensions avaient occupé ses dernières journées. Son ventre lui semblait aussi dur que du bois, son souffle était court et ses jambes paraissaient ne plus vouloir la porter. Pourtant elle ne dit rien. Elle serra les dents sur sa fatigue, ravala ses plaintes, rattrapant Liam qui l'attendait au bas de l'échelle.

La nuit dans la vallée était froide, un vent glacé annonciateur de l'hiver agitait les faîtes des mélèzes, courbant les hautes herbes qui tapissaient les bords de la rivière, s'engouffrant sous le blouson de Tamara, la faisant claquer des dents malgré elle.

Suivant une direction bien précise en dépit de l'obscurité, Liam avança vers le lit de la rivière où s'écoulait seulement un étroit filet d'eau. Par chance il n'était pas encore l'heure des grandes crues qui transformeraient la vallée en un tourbillon de boue. Avant de le franchir, il se tourna vers l'adolescente qui le suivait péniblement, se tordant pieds et chevilles sur la grève de galets.

— Nous allons traverser, ensuite quoi qu'il arrive laisse-moi faire, d'accord ?

Il s'apprêta à repartir pourtant il se ravisa. Son visage étrangement souligné par un pâle rayon de lune, il se pencha vers la jeune fille, plongeant son regard dans le sien, fatigué et débordant de candeur :

— Fais-moi confiance. S'il te plaît quoiqu'il se passe, fais-moi confiance.

Prise de court, elle hocha la tête machinalement, trop éreintée pour penser plus loin. Elle lui emboîta le pas tout aussi mécaniquement. Elle retint un cri lorsque l'eau glaciale lui lécha les chevilles et s'infiltra dans ses boots. Saisie par la température, son abdomen protesta d'une vigoureuse contraction qui la plia en deux, lui coupant le souffle. Elle vacilla, posa ses mains sur son ventre et continua rageusement à suivre Liam. Après la rivière, ils progressèrent quelque temps sous le couvert d'une forêt de feuillus, illuminée par un ultime flamboiement. Déjà les feuilles recouvraient le sol, tombant en volutes lentes, avant de se transformer en un tapis craquant, dans lequel les pas de Liam et Tamara s'enfonçaient avec des bruits de papiers froissés.

Ils débouchèrent finalement sur un chemin en terre, bordé de part et d'autre par la forêt, formant ainsi un véritable mur végétal. Le chemin s'écoulait, rectiligne et plan entre ces murailles. Sans même hésiter une seconde le commando tourna à gauche, prenant étrangement garde de marcher bien au milieu de la voie. Aux aguets, semblant plus tendu que lorsqu'ils arpentaient la falaise, il entraîna Tamara à sa suite se retenant afin de ne pas rallonger ses foulées déjà trop longues pour la jeune fille.

Tamara perdit peu à peu la notion du temps, hébétée de fatigue, ne pensant qu'à mettre un pied devant l'autre, le regard vissé sur le dos de Liam. Soudain un bruit de moteur déchira la trompeuse quiétude nocturne, la faisant sursauter. Elle crut une seconde qu'elle rêvait, cependant des phares trouèrent presque violemment l'obscurité, la faisant ciller.

Une sirène résonna, tandis que quelqu'un beuglait elle ne savait quoi dans un porte-voix. Liam se tourna aussitôt vers elle, lui hurlant de se mettre à genoux, les mains sur la tête. Il jeta lui-même son fusil-mitrailleur au sol, tout en se laissant tomber dans la poussière. Le véhicule stoppa dans un crissement de freins malmenés, alors que des portières claquaient et des pas lourds se précipitaient vers eux. Tamara, terrifiée, lança un coup d'œil à Liam qui murmura seulement :

— Ne bouge pas !

Des mains brutales lui saisirent les poignets, les lui tordants douloureusement dans le dos avant de la relever. Là d'autres mains toutes aussi rudes la palpèrent de tous côtés, à la recherche d'armes sans doute. Elle chercha désespérément Liam du regard. Elle le vit se soumettre de son plein gré à la même fouille. Sans rien dire il se laissa dépouiller de son pistolet et de son poignard, alors qu'elle avait la certitude qu'il aurait pu se débarrasser en seulement quelques secondes de la poignée de soldats qui les avait interpellés. Une fois certains qu'ils ne cachaient plus d'arme sur eux, ils furent menottés avec des liens en plastique, avant d'être poussés à l'arrière du 4X4. À la lueur des phares, Tamara reconnut avec horreur l'uniforme de l'armée du Mooraland. Elle jeta un regard éperdu à Liam, qui serrant les mâchoires, ne répondit rien.

Ils roulèrent ainsi un long moment, où ballottée de droite à gauche Tamara se sentait défaillir. Avec les mains attachées dans le dos elle ne pouvait aisément se tenir, aussi le moindre chaos ou virage devenait l'équivalent d'un coup de poing. Elle avait l'impression de ne plus être qu'une contracture, tant son ventre devenait dur, abominablement dur et douloureux. Enfin le véhicule s'arrêta à son intense soulagement. Les soldats les extirpèrent manu militari, les emmenant sans ménagement vers une grande tente dressée dans ce qui parut être un camp militaire à la jeune fille.

Elle n'eut cependant pas le loisir d'en voir plus, poussée sous la tente elle trébucha se heurtant au dos roide de l'un des hommes. Il se retourna aussitôt en lui beuglant elle ne savait quoi, tout en lui assenant une gifle qui la fit chanceler. Sonnée, elle faillit tomber, toutefois le soldat la retint, la propulsant en avant aux côtés de Liam. Ils se retrouvèrent devant un bureau derrière lequel se tenait ce qui semblait être un officier, au vu de sa casquette et des diverses barrettes et étoiles parsemant son uniforme.

Liam, sans même jeter un regard à Tamara, se redressa de toute son impressionnante stature avant de s'avancer d'un pas et claquer sèchement des talons devant l'officier. Son regard gris fixant un point que lui seul pouvait voir, il lâcha quelques phrases d'un ton froidement martial, auquel Tamara ne comprit cependant rien. Et pour cause ce n'était nullement dans la langue de la Nation… L'officier leva un sourcil surpris, avant de répondre d'un ton cinglant. Un bref dialogue s'amorça puis l'officier tapa quelque chose sur son ordinateur. La réponse qu'il obtint le prit visiblement de court. Il dévisagea un instant l'immense commando avant d'aboyer un ordre. L'un des soldats s'approcha aussitôt et coupa hâtivement ses liens. Liam roula des épaules toutes ankylosées par l'inconfortable position, réprimant un gémissement en bougeant son bras blessé. Après tout peut-être était-il plus sérieusement touché qu'il l'avait cru ! Il crispa les mâchoires, il avait bien autres choses à faire que pleurnicher. D'un ton ferme il lâcha quelques mots sous l'œil interloqué de Tamara.

Son attention allait de l'officier à Liam, sans rien comprendre à la situation. Finalement le même soldat la détacha elle aussi. Elle poussa un long soupir de soulagement, frotta ses poignets engourdis, vacillant avec épuisement.

Lui accordant tout à coup une attention qu'il lui avait jusque-là refusée, Liam la soutint par un bras et la fit s'asseoir sur la chaise, faisant face au bureau. Elle s'y laissa choir avec reconnaissance, sans pourtant parvenir à capter le regard de son compagnon.

L'officier la dévisagea un long moment, avant de faire d'une voix sèche, à l'accent laborieux, mais néanmoins ironique :

— Ainsi vous êtes une Mère... Savez-vous qui est votre « sauveur » ? Il insista sur le dernier mot, comme si c'était la meilleure blague de tous les temps.

Elle se redressa, lui renvoyant un regard glacé, ce qui le fit éclater d'un rire froid et narquois :

— Voici le lieutenant Liam Mawr des Forces d'Interventions Spéciales du Mooraland. Bien sûr vous avez cru qu'il était l'un de vos stupides compatriotes, mais ces hommes sont entraînés afin de pouvoir remplir toutes les missions d'infiltrations.

Elle blêmit, chercha sans le trouver le regard de Liam, se mettant à trembler imperceptiblement sans même s'en rendre compte. Est-ce possible ? Liam l'avait-il trahi ? Elle ne pouvait le croire, pourtant tout dans son attitude lui hurlait le contraire.

— Bien. À présent vous allez être conduite à un centre s'occupant de la régulation de l'immigration.

À ces mots Liam sursauta, rejetant une seconde son masque impassible :

— Commandant, ce n'est pas une immigrante ! C'est une réfugiée politique, elle a droit *de facto* à l'asile !

— Il suffit lieutenant ! Nous ne sommes pas là ni vous ni moi pour refaire les lois de l'immigration.

Puis il fit signe à un soldat resté en faction d'emmener la jeune fille. Ce dernier la saisit par un bras, sans toutefois la malmener. Est-ce en raison de son apparente grossesse ou à cause du regard pétrifiant de celui qu'il savait être à présent un officier du FIS ? Un Loup comme on les surnommait, non seulement parce qu'ils arboraient en symbole sur leurs uniformes noir, une tête de loup aux aguets, babines retroussées sur des crocs luisants, mais aussi parce que leur manière de combattre aussi efficace en groupe que solitaire, ressemblait à celles des loups, à s'y méprendre.

Sans la bousculer il l'invita tout de même fermement à le suivre, ce qu'elle fit sans même chercher à se dégager, passant devant Liam sans lui accorder un regard. La phrase de l'officier tourbillonnait en un leitmotiv fou dans sa tête : « Voici le lieutenant Liam Mawr des Forces d'Interventions Spéciales du Mooraland, Voici le lieutenant Liam Mawr des Forces d'Interventions Spéciales du Mooraland... Voici... »

Elle en avait le tournis et la nausée. Comment avait-elle pu être aussi stupide et naïve ? Toute à son obsession de quitter son destin de Mère, elle n'avait pas réfléchi plus loin que le fol espoir qu'il lui promettait.

Elle suivit le soldat, sans même prendre garde où il l'emmenait, n'importe où serait toujours préférable qu'ici. Un solide Land Rover Defender se gara devant le soldat qui ouvrit l'une des portières à l'arrière, l'invitant à monter. Elle n'en eut cependant pas le temps, bousculant les gardes sur son passage, Liam sortit en trombe de la tente. Le soldat qui accompagnait Tamara pivota et s'avança vers lui en levant une main afin de lui faire signe de s'arrêter. Liam en deux mouvements souples, presque élégants l'envoya rouler dans une flaque de boue. Il ne ralentit même pas, son regard rivé sur la jeune fille il ne paraissait rien voir d'autre. Il semblait à la fois furieux et désespéré. En le voyant elle eut un haut-le-cœur et fit mine de grimper dans le lourd 4X4. L'attrapant par une épaule il la força à lui faire face. Elle essaya de se dégager de sa poigne bien que cela soit peine perdue.

— Écoute-moi, s'il te plaît... Oui je suis un soldat du Mooraland, mais c'est un détail ! Cela ne compte pas !

— Un détail ! Tu appelles cela un détail ! Tu m'as menti, trahi...

— En aucun cas ! Que je sois un Commando de la Nation ou un Loup du Mooraland cela ne change rien, rien aux sentiments que j'ai pour toi. Rien de ce qui s'est passé n'était un mensonge, je ne t'ai pas trahi ni menti. Je ne le ferai jamais...

Leurs regards se mêlèrent, sans même qu'elle le veuille ou qu'elle puisse s'en empêcher. En cette minute il laissa tomber toutes ses défenses, laissant son cœur à nu transparaître dans ses yeux.

Des soldats accouraient de tous côtés, et peu leur importait. Rivés l'un à l'autre, perdus dans leur propre monde rien ne semblait avoir d'importance.

Les soldats se jetèrent sur lui, l'agrippèrent elle afin de les séparer et de la flanquer dans la voiture qui attendait. Elle brailla, mordit, il cogna, brisa des nez, éclata plusieurs visages, toutefois quelques coups de crosses de fusils-mitrailleurs judicieusement portés le firent chanceler puis tomber. Ensuite il fut facile d'attraper l'adolescente en poids et de la fourrer dans le 4X4 qui démarra aussitôt. Tamara tenta d'ouvrir la portière qui s'avéra hélas verrouillée. Elle ne put que coller son visage à la vitre et impuissante, le regarder parer les coups afin de relever la tête pour s'écrier :

— Je te sortirai de là, je te le jure !

Un coup de matraque asséné par un policier militaire venu en renfort, eut néanmoins raison de lui. Il s'écroula tel un gladiateur épuisé mais non vaincu. Sa blessure s'était rouverte et son sang s'égouttait dans la poussière avide, formant un mince ruisselet pourpre. Tamara hurla ce qui fit sursauter le chauffeur et le garde, qui assis à ses côtés l'accompagnait. Ils lui jetèrent quelques mots certainement désagréables, mais la jeune fille ne parut même pas les entendre. Aussi longtemps qu'elle put elle regarda Liam, le cœur glacé, terrifié. Cependant en quelques secondes le land quitta le camp et gagna une piste qui s'étirait en un long ruban à travers une forêt de sapins et de mélèzes.

Chapitre 17

Épuisée, Tamara se laissa glisser sur la banquette. Elle passa doucement sa main sur son ventre en un geste inconsciemment rassurant et protecteur. Sans doute l'idée de son bébé lui donna-t-elle la force de ne pas céder au désespoir. Elle respira profondément deux ou trois fois ce qui lui permit de retrouver un semblant de sang-froid et de réflexion. Elle jeta un coup d'œil au dehors, mais rien hormis l'obscurité de la nuit et la profondeur encore plus sombre des arbres. Elle tenta de demander aux militaires où ils la conduisaient cependant ils ne daignèrent même pas lui répondre. Comprenaient-ils seulement ce qu'elle disait ? C'était pour le moins certain…

Elle haussa les épaules, excédée, brisée d'émotions et de fatigue. Elle retira ses boots et ses chaussettes trempées, les posant sur les accoudoirs afin qu'elles sèchent un brin. Ensuite de quoi elle s'allongea de tout son long sur la banquette et ferma les yeux. Elle n'entendit même pas les soldats râler de l'odeur atroce d'ours mort depuis huit bons jours, qui se dégageait de ses chaussettes ! Songeant qu'il valait mieux se reposer et reprendre des forces, elle s'endormit, bercée par le roulis de la voiture.

L'arrêt de la voiture fut ce qui la réveilla. Elle ouvrit les yeux, bâillant et s'étirant comme un chat avant de faire attention à ce qui l'entourait. À l'horizon un soleil neuf chassait lentement les derniers vestiges de la nuit, éclairant peu à peu des bâtiments grisâtres qui s'étendaient semblait-il, à perte de vue.

Le lourd 4X4 s'était arrêté à l'entrée sévèrement gardée par des militaires solidement armés qui contrôlèrent les ordres de mission, la voiture et ses occupants, braquant une lampe électrique en plein dans visage de la jeune fille. Elle grimaça en détournant la tête. Les gardes firent enfin signe au Land Rover de passer. Il s'engagea dans une allée conduisant à un vaste dédale de bâtiments d'aspect pénitentiaire. Au bout de plusieurs minutes il stoppa au pied de l'un d'entre eux, dont la porte était surmontée d'un panneau auquel Tamara ne comprenait rien. Le garde se tourna vers elle, lui jetant brutalement quelques mots auxquels elle répondit par un haussement d'épaules. Allaient-ils saisir un jour qu'elle ne parlait pas leur langue ? Le soldat lui désigna ses chaussures en maugréant de plus belle, tandis que le chauffeur ouvrait la portière. Tamara grommela tout en enfilant sans se presser, ses chaussettes presque sèches et ses chaussures encore humides. Les militaires perdaient un peu patience, aussi l'attrapèrent-ils par un bras et la sortirent-ils sans plus attendre. Elle se débattit en protestant, mais solidement encadrée comme elle l'était, ils la traînèrent avec une aisance rageante dans le bâtiment.

Ils entrèrent dans une sorte de hall au fond duquel trônait un bureau. Derrière, officiait une jeune femme vêtue d'un strict uniforme gris. Les gardes tirant toujours la jeune fille récalcitrante, lui présentèrent leur ordre de mission. Elle scruta son PC durant quelques secondes avant d'imprimer une feuille, de leur tendre le tout en expliquant sèchement quelque chose auquel Tamara ne comprit rien, bien évidemment. Derechef les soldats la tenant sévèrement par les bras, l'emmenèrent vers une porte qu'ils poussèrent, découvrant un long couloir qu'ils parcoururent à grandes enjambées qu'elle avait bien des difficultés à suivre.

Ils entrèrent finalement dans une grande salle aux murs couverts d'affiches en diverses langues, toutes prônant semblait-il la générosité du Mooraland. Au long de ces murs quelques bancs sur lesquels patientaient déjà plusieurs personnes vraisemblablement d'origines très variées, comme en attestaient leurs vêtements. Tamara les dévisagea avec une curiosité non feinte, les étrangers ayant fort peu droit de citer dans la Nation. Les gens, comme épuisés, ne s'offusquèrent même pas de son examen, ils semblaient au-delà de ça. Finalement ce fut leur apathie qui frappa le plus la jeune fille. Qu'était-il arrivé à ces personnes pour qu'elles soient ainsi brisées ? Quelles horreurs avaient-ils subies pour en arriver là ? Elle frémit, songeant qu'elle avait peut-être beaucoup de chance, malgré les apparences.

Les gardes, la portant toujours à demi, allèrent directement au fond de la salle et présentèrent leur papier au guichet qui s'y trouvait. Ils patientèrent silencieusement quelques minutes, Tamara se demandant avec une angoisse grandissante où elle allait bien pouvoir être conduite, encore une fois contre son gré, puisque telle semblait être sa vie !

Enfin une femme entre deux âges, en l'uniforme gris qui devait être la marque de cette administration, vint discuter avec les gardes avant de s'adresser à Tamara dans sa langue, avec cependant un accent épouvantable.

— Vous m'accompagnez.

Sans lui demander son avis, elle la saisit par un bras et l'entraîna à sa suite. Elles passèrent une porte, y laissant derrière les militaires qui parurent satisfaits de se débarrasser d'elle. Elles marchèrent dans un corridor puis entrèrent dans un bureau. L'employée fit signe à Tamara de s'asseoir sur la chaise tandis qu'elle-même prenait place derrière le bureau. Elle farfouilla dans une pile de documents posée sur une desserte, prit une feuille qu'elle tendit à la jeune fille ainsi qu'un stylo.

— Il faut remplir, lui enjoignit-elle d'un ton péremptoire.

Tamara parcourue la fiche qui lui demandait son nom et prénom, son âge, son sexe homme ou femme, sa qualité mariée ou célibataire en bref une fiche administrative assez banale. Seulement à la fin on lui demandait son origine et pourquoi elle souhaitait immigrer au Mooraland. Elle haussa les épaules, barra le « immigrer » pour le remplacer par un « demande d'asile » qui lui sembla plus juste.

Une fois fait, elle tendit la feuille à la secrétaire qui s'en saisit sans faire aucun commentaire. Elle entra les divers renseignements dans son ordinateur lorsqu'une autre femme tout autant en uniforme gris, vint chercher Tamara. Sans un sourire ni un mot, elle lui fit signe de la suivre. Tamara en soupirant, lui emboîta le pas. Quel choix avait-elle ?

Elle fut emmenée dans une autre pièce, ressemblant cette fois à un cabinet médical. La femme lui montra une table d'examen et lui enjoignit de s'y installer. Un homme d'âge mûr, entra à cet instant. Il jeta brièvement un coup d'œil à Tamara avant de murmurer quelques mots à son assistante qui s'installa à un petit bureau, prête sans doute à compléter la fiche de la jeune fille.

Sans un bonjour ni un mot, le médecin souleva le pull de la jeune fille et passa ses mains sur son ventre, déjà bien rondi. Il en vérifia la souplesse avant de dire avec une qualité de diction assez étonnante :

— Ainsi tu viens de la Nation… Es-tu une Mère de la Patrie ?

La question posée à brûle-pourpoint la prit de court, aussi ne put-elle que hocher la tête. En effet elle était une Mère. Cette réponse parut le réjouir au plus haut point, sans qu'elle comprenne pourquoi.

— C'est formidable. Sais-tu depuis combien de temps tu es enceinte ?

Elle haussa les épaules. La prenait-il pour une idiote ?

— Bien évidemment ! Depuis quatre mois et une semaine.

— Bien, bien… Tu es en parfaite santé n'est-ce pas, tes médecins y ont veillé. Je suppose que le géniteur est l'un de vos donneurs, donc peu importe. C'est un enfant sous père X.

Elle le dévisagea avec incompréhension et un agacement qui alla crescendo.

— Bien sûr que ce bébé a un père ! s'exclama-t-elle en se redressant, repoussant le docteur.

Il lui adressa un sourire froidement patelin tout en susurrant :

— Bien évidemment, je voulais juste parler d'un père qui voudrait le reconnaître et en assumer la paternité.

Ses yeux clairs lançant des éclairs, elle s'écria :

— C'est aussi de cela dont je parlais ! Mon bébé a un père : c'est le Lieutenant Liam Mawr des Forces d'Interventions Spéciales du Mooraland.

Le docteur cilla, mais ne fit aucun commentaire. Il en avait vu passer bien d'autres au cours de ces examens auprès de candidates à l'immigration, prêtes à tout et n'importe quoi afin d'obtenir la nationalité tant convoitée.

Tamara seulement armée de sa sincérité, sauta à bas de la table. Elle se précipita vers l'assistante en lâchant froidement :

— Tâchez d'inscrire ça ou vous risquez d'avoir des problèmes…

Celle-ci lança un coup d'œil au médecin qui acquiesça. Il serait bien tant de faire des modifications plus tard songea-t-il… Rassérénée Tamara accepta des examens et questions plus approfondies, dont une échographie qui révéla un fœtus en pleine forme. Les larmes montèrent aux yeux de Tamara, émue de découvrir son bébé, si triste que Liam ne puisse être à ses côtés. C'était si injuste.

On ne lui laissa toutefois pas le temps de s'appesantir ou de s'émouvoir, car aussitôt les mesures du fœtus prises, elle fut conduite vers une douche où on lui enjoignit de déposer tous ses vêtements et objets personnels dans une boîte. Elle les retrouverait plus tard. Un peu étonnée, mais habituée aux caprices d'une administration omniprésente, elle s'exécuta non sans maugréer. Une fois correctement lavée et désinfectée, elle enfila une combinaison blanche ainsi qu'une paire de sabots en plastique.

Ses affaires quant à elles avaient disparu. On la rassura : elle les reprendrait à sa sortie. Elle se sentit tout à coup terriblement seule et démunie. Elle regrettait son pull en laine, chaud et inesthétique, mais qui sentait l'herbe coupée, le genêt en fleur et surtout portait encore insidieusement l'odeur de Liam. Comment ferait-elle sans cette infime partie de lui pour lui donner le courage d'avancer ? Elle regimba, mais ce fut bien évidemment peine perdue.

Finalement elle fut conduite dans une vaste chambre ensoleillée. Par une baie vitrée, on pouvait apercevoir une sorte de grand patio verdoyant. Quatre lits d'aspect confortable, quelques fauteuils, un canapé meublaient la pièce aux murs blancs. Trois autres femmes, toutes futures mamans à des stades divers de leur grossesse, se réveillaient à peine.

Tamara accoutumée depuis toujours à une vie communautaire, s'habitua peu ou prou à celle-ci, bien que le contact avec les autres femmes de sa chambre restât superficiel. Elles n'étaient pas issues de la Nation et aucune ne comprenait la langue de la jeune fille. Elles restaient donc entre elles, ce qui ne dérangeait pas plus que ça Tamara. Cela lui permettait de travailler sans discontinuer pour apprendre la langue de ce pays. L'après-midi même de son arrivée elle eut droit à une réunion s'adressant à nombre de ressortissants de la Nation, où on leur expliqua les conditions d'immigration au Mooraland. Le premier étant l'acquisition de la langue. Pour ce faire des cours quotidiens étaient dispensés aux candidats, ceci en vue d'un passage devant une commission qui statuerait sur leur sort dans les quatre à six mois suivant leur entrée sur le territoire, décidant s'ils deviendraient où non mooralandiens. Dans le cas contraire ils seraient reconduits à la frontière. Cette perspective était impensable pour Tamara. Cela signifierait que d'une part elle ne reverrait jamais Liam et que d'autre part si son bébé naissait avant il resterait au Mooraland, puisque ce pays exerçait la loi du droit du sol ; ou bien si elle était renvoyée avant sa naissance il serait de toute façon pris par les autorités de la Nation. Dans un cas comme dans l'autre elle perdrait son enfant. Cette seule idée était intolérable. Elle se mit donc avec un acharnement désespéré à apprendre le Mooralandien. Se récitant les verbes irréguliers et les structures grammaticales même le soir dans son lit, tandis que ses compagnes de chambrée dormaient paisiblement. Elle ne comprenait donc pas leur attitude sereine, elles avaient elles aussi la même épée de Damoclès au-dessus de la tête. Comment pouvaient-elles rester aussi placides ?

Les cours étaient donnés spécifiquement dans une salle ouverte à toute personne venue de la Nation. Elle était la seule femme enceinte puisque la seule Mère. Cela lui valut des regards en coin, des réflexions faites à mi-voix et même quelques « traîtresse » carrément jetés en pleine figure. Elle en resta stupéfaite, plongée dans un brouillard d'incompréhension : ces gens n'avaient-ils pas eux-mêmes fui la patrie qu'ils l'accusaient d'avoir trahi ?

Elle resta donc cantonnée dans son coin, ses pensées axées sur un seul et même objectif : réussir à obtenir la nationalité mooralandienne et retrouver Liam. Rien d'autre ne comptait. Toutefois l'atmosphère et l'ambiance n'étaient ni sereine ni agréable. Le personnel était froid, les autres immigrés au mieux indifférents ou distants, au pire ouvertement hostiles. Qu'importe, Tamara n'avait que faire d'eux. Lorsqu'elle se sentait trop seule ou qu'une boule de tristesse lui serrait la gorge, elle repensait à ces journées passées avec Liam tout en posant doucement sa main sur son ventre qui s'arrondissait. En aucun cas elle ne se laisserait démoraliser.

Chaque jour elle sortait arpenter l'agréable patio, tout en fredonnant des chansons à son bébé. Cela les détendait tous les deux.

Chapitre 18

Quelques jours après son arrivée elle fut conduite dans une salle médicalisée pour des examens plus approfondis lui dit-on. On ne lui expliqua rien de plus, jusqu'à ce qu'un médecin veuille lui faire une anesthésie locale en vue d'une amniocentèse. Une infirmière en préparait déjà l'impressionnante seringue. Elle le repoussa vivement, faisant valdinguer la piqûre d'anesthésiant à l'autre bout de la pièce. Le médecin resta bouche bée, sans doute n'était-il pas encore tombé sur une telle furie ! Tamara sauta précipitamment au bas de la table d'examen, tout en s'écriant après ses droits. Son bébé était en pleine forme, il était hors de question qu'on lui fasse subir un examen aussi invasif.

Le médecin tenta de la rattraper, de lui expliquer que c'était la procédure, mais elle lui claqua la porte au nez. Quelques minutes plus tard une psychologue vint lui demander le pourquoi de sa conduite. Elle fut, elle aussi, rudement reçue et repartit furieuse et dépitée. Le personnel soignant était bien embêté : on ne pouvait tout de même pas le lui faire de force !

Par chance la responsable du secteur obstétrique trouva une solution au problème en contactant des personnes qui acceptaient d'entrer dans le programme, bien que le protocole n'ait pas été tout à fait suivi. Ces personnes attendaient depuis longtemps, aussi cette proposition leur apparut comme un moyen presque miraculeux de gagner du temps.

Dès le lendemain Tamara fut escortée jusqu'à une pièce sobrement meublée par deux canapés, où un couple de quadragénaires attendaient assis dans l'un d'eux. Ils étaient visiblement nerveux et émus. La psychologue était là aussi, un carnet à la main, elle les rassurait.

Elle fit signe à Tamara de s'avancer, sans pour autant lui expliquer quoi que ce soit. Elle ne s'adressait qu'au couple. Ceux-ci à l'entrée de Tamara lâchèrent quelques exclamations en rapport à son jeune âge, pensa comprendre l'adolescente, qui commençait peu à peu à saisir quelques mots par-ci par-là. Ils semblaient néanmoins à la fois surexcités et submergés d'émotion.

Elle fronça les sourcils. Que signifiait tout ça ?

— De quoi parlez-vous ? Qui sont ces gens ? s'enquit-elle avec une visible méfiance.

La psychologue daigna enfin faire attention à elle. Elle répondit avec ce ton doucereux que l'on emploie avec les enfants capricieux :

— Ils sont là pour vous ! Grâce à eux vous allez obtenir très rapidement votre nationalité, n'est-ce pas formidable ?

Tamara pinça les lèvres. Elle avait grandi, mûri et appris depuis un moment déjà que personne ne faisait rien pour rien. Qu'attendaient-ils d'elle ?

— Et ils veulent quoi en échange ces bons samaritains ?

— Êtes-vous toujours aussi méfiante envers quiconque ? Rétorqua la psychologue.

— Si vous cherchez à me culpabiliser c'est raté, donc oui je me méfie toujours de tout le monde, Liam excepté. Donc qui sont ces gens et que veulent-ils ?

— Ils veulent vous aider, en vous permettant d'avoir un passeport du Mooraland dès la naissance du bébé qu'ils prendront bien évidemment en charge.

— Attendez j'ai mal compris... Ils veulent... Mon bébé ? Est-ce ça ?

— Ils donneront un foyer stable et heureux à cet enfant, voilà tout ce qu'ils souhaitent.

Tamara devint livide, puis rouge de fureur.

— Personne n'aura mon bébé ! s'écria-t-elle en reculant d'un pas, son regard clair presque noir de rage.

— Réfléchissez donc, au lieu de crier ! la tança la psychologue. Que ferez-vous seule, sans emploi avec un bébé ? Comment allez-vous l'élever ? Y avez-vous seulement songé ? Vous réagissez avec l'égoïsme d'une enfant. Allons soyez adulte !

— Vous dites qu'abandonner mon enfant serait agir en adulte ! Vous êtes folle ! De toute façon c'est hors de question. Si ces gens veulent un bébé, qu'ils en fassent un eux-mêmes, mais en aucun cas ils n'auront le mien.

Sans même vouloir en entendre plus, elle tourna les talons et sortit de la pièce en claquant magistralement la porte, laissant là la psychologue ébahie et de nouveau furieuse, ainsi que le couple de futurs adoptants tout à fait abasourdis.

Une fois dans la chambre elle s'enquit auprès des autres futures mamans, avec les quelques mots de Mooralandien qu'elle connaissait, si elles avaient elles aussi eu une telle proposition. Elles la considérèrent avec une sorte de dédain et de supériorité, tout en lui expliquant que bien évidemment elles avaient déjà signé les formulaires d'abandon et d'adoption de leur enfant à naître, ce qui leur permettrait d'avoir la nationalité mooralandienne.

Tamara les dévisagea avec incompréhension et incrédulité : comment pouvaient-elles faire ça ? Comment pouvaient-elles envisager de vendre leur bébé contre un stupide passeport ?

Les jours qui suivirent, Tamara fut convoquée à maintes reprises par la psychologue, qui tenta par tous les moyens de lui faire entendre raison. Rien n'y fit, la jeune fille, plus bloquée qu'une mule devant un rio, refusait tout, le regard brillant d'une colère qui allait en s'amplifiant. À bout de patience et d'arguments la psychologue l'envoya à la Responsable du secteur obstétrique : qu'elle se débrouille avec cette enragée !

Face à une Tamara ulcérée, elle n'eut toutefois pas plus d'impact sur elle que la psychologue. Au premier mot, la jeune fille se braqua et sortit en claquant la porte comme cela devenait une déplorable habitude. La Responsable, outrée, la poursuivit dans le corridor tout en s'exclamant d'un ton exaspéré :

— Vous êtes irréaliste et vous nous contraignez à des mesures radicales ! Que vous le vouliez ou non nous ne laisserons pas cet enfant avoir une vie de misère à cause de sa mère, trop bornée pour le comprendre.

Tamara gagna sa chambre en courant, s'y enfermant, le cœur battant afin de ne plus entendre les menaces qui promettaient de s'abattre sur elle. Elle se pelotonna dans le canapé entourant son ventre de ses bras, illusoire protection contre l'adversité. Tout le courage qui la maintenait debout ces derniers jours, la déserta, la laissant pitoyablement seule et faible ; elle n'était après tout qu'une adolescente de seize ans et non une walkyrie ! Des larmes perlèrent une à une à ses yeux, tandis qu'elle tremblait imperceptiblement. Où était Liam ? Pourquoi ne les tirait-il pas de cet enfer, le bébé et elle ?

Qu'allait-il se passer à présent ? Une pensée qu'elle refusait d'avoir, mais qui tournoyait dans sa tête tel un oiseau de mauvais augure depuis bien des jours, s'imposa à elle : et si Liam ne venait pas ? Et s'il la laissait à son triste sort ?

Elle repoussa l'idée même, se remémorant les souvenirs tendres et précieux qu'elle conservait de l'immense soldat. Non il viendrait, c'était une certitude la seule inconnue était quand... S'accrochant avec le désespoir d'une naufragée à cet espoir aussi mince qu'une brindille, elle s'évertua à retrouver calme et confiance. Le plan était d'une simplicité aveuglante : il lui suffisait de tenir coûte que coûte afin de permettre à Liam de la tirer de ce maudit endroit. Après tout ils avaient des lois et ne pourraient donc pas lui enlever son bébé sans son assentiment. Il lui suffisait de refuser de signer quoique ce soit. Facile.

Rassérénée, elle se mit doucement à chantonner avant de s'endormir d'un sommeil paisible, peuplé de rêves merveilleux dans lesquels elle retrouvait Liam. Elle fut toutefois réveillée en sursaut par l'apparition de deux gardes en sévères uniformes bleu marine, qu'elle ne reconnut pas. La psychologue les accompagnait, affichant un regard à la fois ulcéré et affligé :

— Allons venez avec nous, et n'oubliez pas que c'est vous et vous seule qui nous contraignez à cela !

L'esprit encore embrumé par ses rêves, Tamara ne comprenait pas grand-chose. Les gardes la soulevèrent de force par les bras, bien qu'elle tentât de se dégager. Elle était tout à coup terrifiée. Qu'allaient-ils lui faire ?

— Laissez-moi ! Ne me touchez pas !

Elle eut beau crier, les gardes à la carrure solide de pilier de rugby, n'en avaient cure. De toute façon ce n'était pas une minuscule fillette qui aurait pu les ébranler : ils en avaient vu bien d'autres !

Mi-portant, mi-traînant ils l'emmenèrent par des couloirs que Tamara ne connaissait pas, la psychologue sur leurs talons lui déversant non-stop une litanie de : « c'est votre faute, le gouvernement ne peut payer des soins luxueux pour une récalcitrante, sitôt que vous serez devenue raisonnable — sous-entendu dès que vous signerez les papiers d'abandon — vous retrouverez tout le confort voulu ».

Tamara serra les dents, attisant sa colère dans laquelle elle puisait son courage. Elle s'évertua à ne rien répondre, gardant ses forces pour plus tard. En quelques minutes ils quittèrent les couloirs à la blancheur clinique pour d'autres en simple béton gris. Bientôt ils parvinrent devant de lourdes portes blindées qui ne s'ouvrirent qu'après une reconnaissance oculaire des gardes. La psychologue s'arrêta là, les suivant d'un œil navré tandis que la porte se refermait sur eux.

Après plusieurs minutes à parcourir un dédale de corridors tous unanimement sombres et grisâtres, ils parvinrent dans une salle où d'autres gardes tout aussi sévères et solidement armés de matraques et de tasers, lui prirent ses empreintes sans la moindre cordialité avant de lui ordonner de se dévêtir. Interloquée, elle considéra les hommes qui l'entouraient, se disant qu'elle avait dû mal comprendre. L'un d'eux l'attrapa par un bras tout en lui hurla dessus, ce qui la fit sursauter.

— Déshabille-toi et enfile ça ! brailla le surveillant en lui montrant une combinaison orange vif.

Elle avait donc parfaitement compris, ses compétences linguistiques s'étaient bien étoffées, ce qui était pour l'instant la seule bonne nouvelle ! Elle dévisagea les gardes, ne lisant aucune pitié dans leurs regards. Elle n'avait plus qu'à s'exécuter si elle ne voulait pas récolter de surcroît un coup de taser.

Les mains tremblantes, elle fit glisser la fermeture éclair, puis enleva les manches de sa combinaison blanche avant de la faire glisser sur ses hanches, apparaissant en sous-vêtements sous les regards blasés des gardiens en uniforme sombre.

— Dépêche-toi on n'a pas toute la journée, marmonna l'un d'eux.

Son collègue lui glissa un mot en aparté, tout en montrant le ventre rond de l'adolescente. Les hommes s'entre-regardèrent une seconde sans pourtant laisser filtrer le moindre commentaire. Tamara enfila la combinaison orange, un brin trop grande pour elle. Elle repoussa ses longs cheveux châtains en arrière, relevant fièrement la tête malgré la peur qui la tenaillait. Elle était à la merci de ces hommes et s'en rendait plus que clairement compte. Les deux gardes lui saisirent à nouveau les bras, la serrant cependant moins fort qu'auparavant. Ils passèrent d'autres portes strictement blindées et gardées, avant de déboucher dans un large corridor aux murs couverts de barreaux à intervalles réguliers.

Un brouhaha confus, des odeurs fortes et tenaces agressèrent immédiatement la jeune fille, lui sautant au visage. Poussée plutôt gentiment par les gardiens, ils avancèrent au milieu du couloir passant devant les geôles où des prisonniers en tenue orange les saluaient de maints quolibets et sifflements, certains essayant même de toucher l'adolescente. Les gardiens les rabrouaient d'un ton monocorde, habitué à un tel tapage ce qui n'était pas le cas de Tamara. Affolée, elle n'osait regarder autour d'elle, ne voyant partout que sourires édentés, regards concupiscents et rires graveleux. C'était un cauchemar. Où était-elle tombée ?

Elle se cacha du mieux qu'elle put entre ses gardiens, finalement heureuse tout à coup de leurs présences ! Quelques secondes plus tard ils s'arrêtèrent devant une cellule, intimant un ordre aux prisonniers à l'intérieur. Ils ouvrirent la porte à barreaux, qui coulissa sans un bruit, puis firent signe à la jeune fille d'entrer. Elle recula d'un pas, secouant la tête, tentant de maîtriser une peur viscérale qui allait crescendo. Les gardes ne lui laissèrent toutefois pas le choix. Ils avaient des ordres que cela leur plaise ou non. Ils l'empoignèrent en force et la poussèrent à l'intérieur avant de refermer la porte qui se verrouilla dans un claquement sinistre.

Chapitre 19

Épouvantée, Tamara s'agrippa aux barreaux en hurlant dans sa langue de la sortir de là. Les gardiens étaient déjà loin et ne s'intéressèrent pas à ses cris, dans l'hypothèse même qu'ils les comprennent. Elle se tourna alors vivement, faisant face aux détenus. Dans la demi-obscurité elle voyait luire de nombreux regards tout à la fois curieux, moqueurs et obscènes. Tous la dévoraient littéralement de leurs yeux avides, en ricanant sourdement. Par chance elle ne comprenait pas ce qu'ils disaient. Mais était-ce nécessaire qu'elle saisisse le sens exact de leurs paroles... ? Elle frissonna d'horreur et de dégoût, non ce n'était pas vraiment nécessaire !

L'un des prisonniers s'approcha subrepticement d'elle, tendant la main dans l'espoir de quoi ? La toucher ? Avec un cri de répulsion elle le saisit par le poignet. D'un seul mouvement souple, fluide, elle l'envoya rouler deux mètres plus loin sur le béton, où il resta un brin sonné. Les autres demeurèrent stupéfaits une demi-seconde avant d'éclater en rires railleurs. Tout à coup un homme au physique banal de quinquagénaire, s'avança vers la jeune fille, les autres détenus lui laissant respectueusement le passage. Lentement il promena sur eux un regard d'une acuité et d'une froideur singulière. Les rires se turent tout net.

— Vous êtes des idiots ou des bêtes ?

Les prisonniers baissèrent la tête, effrayés et gênés.

Sa voix était coupante, sans appel. Une voix accoutumée à commander à n'en pas douter. Il se tourna vers Tamara, pétrifiée.

— N'aie pas peur jeune fille, nous sommes peut-être des hors-la-loi, mais nous avons néanmoins un code d'honneur ce qui fait que nous réagissons à l'inverse de la société qui n'a aucune morale, mais se plie à des lois.

Elle le considéra avec une incrédulité inquiète, les lèvres serrées, ses yeux verts agrandis par la peur.

Il lui fit une sorte de sourire avant d'ajouter :

— Nous sommes tous ici voleurs, violeurs ou meurtriers malgré cela nous ne touchons pas aux femmes enceintes. Jamais. Tu es en sécurité. Il ne t'arrivera rien, n'aie aucune crainte.

La voyant toujours aussi terrorisée, il ajouta :

— Je suis M. Marius dit le Marseillais, à qui ai-je l'honneur ?

— Tam… Tamara, parvint-elle à bredouiller.

— Tu n'es pas d'ici n'est-ce pas fillette ?

— Non… je… je viens de la Nation.

— D'accord. Allons viens t'asseoir tu dois être épuisée. Dit-il en lui désignant une pile de matelas où étaient assis quelques autres prisonniers, qui se levèrent aussitôt pour lui faire une place.

— Tu n'es plus obligée d'avoir peur, il ne t'arrivera rien ici. Allez, raconte-nous ton histoire Tamara.

Lentement avec l'impression qu'elle allait se faire dévorer, elle s'avança jusqu'aux matelas où elle se posa sur une fesse, prête à se lever d'un bond si nécessaire. Passant machinalement une main sur son ventre en un geste protecteur, elle dévisageait les hommes en orange qui l'entouraient, ne percevant plus aucune envie sordide et innommable, seulement une sorte de curiosité étrangement révérencieuse. Alors lentement elle leur raconta son histoire. Comme subjugués, les détenus lui posaient des questions auxquelles elle répondait de son mieux avec le faible vocabulaire dont elle disposait. Nul ne remit la moindre de ses paroles en doute. Ils la crurent spontanément, sans avoir besoin d'aucune preuve. C'était si inattendu et étonnamment si réconfortant, qu'elle en eut les larmes aux yeux de soulagement. Les détenus tiquèrent tout de même, non pas sur son histoire d'amour, mais sur le fait qu'elle soit tombée amoureuse d'un militaire, d'un « un salopard de Loup » comme ils le qualifièrent en grommelant. Elle haussa les épaules, osant leur rétorquer qu'elle n'avait pas choisi ce qu'il était.

Petit à petit elle reprenait confiance. L'humanité qu'elle n'avait pas rencontrée auprès d'une administration et de fonctionnaires pourtant formés pour cela, elle la trouva au fond de cette cellule surpeuplée. Prévue initialement pour dix prisonniers, le centre pénitentiaire étant surchargé, elle en comptait vingt-sept ce qui était loin du quota. Le confort était spartiate si on peut dire.

En effet s'il y avait eu des lits au départ, ils avaient vite été retirés sous l'afflux des prisonniers. Ils avaient été remplacés par des matelas en mousse recouverts d'un plastique épais qui bruissait bruyamment à chaque mouvement. Il dégageait de surcroît une chaleur inconfortable, contraignant chaque prisonnier à dormir dans le bain de sa propre sueur. Durant la journée les détenus empilaient leurs minces matelas le long des murs, tandis que la nuit venue, ils les étendaient l'un contre l'autre occupant ainsi presque tout l'espace libre. Un coin sanitaire séparé par un demi-mur pour un semblant d'intimité sans doute, abritait un lavabo qui ne délivrait qu'essentiellement de l'eau glaciale en hiver, tiédasse en été par une sorte de mystère non élucidé. Un seul et unique WC à la turque complétait l'endroit dédié à l'hygiène. Pour dix personnes cela semblait un peu juste, pour presque une trentaine c'était une aberration. Ils devaient donc vivre dans une promiscuité d'espace, d'odeurs, de bruits et d'inconfort perpétuels. Pas un instant de solitude ou d'intimité pour ces hommes et femmes entassés presque comme du bétail. La prison était de surcroît mixte ce qui ne simplifiait pas vraiment la vie ni des gardiens ni des détenus. Cela avait dû sembler une idée pratique et révolutionnaire à un haut fonctionnaire d'un ministère quelconque, bien installé derrière son bureau en acajou. La réalité était tout autre et chacun devait hélas s'en accommoder.

Les tensions étaient donc quotidiennes, même si le directeur tentait d'organiser des cellules essentiellement féminines, ce n'était pas toujours possible. Quoi qu'il en soit, tous les prisonniers se retrouvaient dans la grande cour à l'heure de la promenade sans compter les deux repas par jour dispensés à la cantine.

Par la force des choses, des femmes se retrouvaient donc confinées dans des cellules à forte concentration masculine. C'était ici le cas non seulement pour Tamara, mais aussi pour Peggy Lou incarcérée pour prostitution avérée. Cette dernière semblait très bien prendre la situation, s'étant même reconstituée une clientèle assidue au sein même de la prison ! C'était une jeune femme à la longue silhouette à la fois mince et ronde, avec des seins prodigieux à la Betty Boop qui, comme elle aimait à le dire, lui avaient suffisamment coûté cher pour qu'ils soient parfaits ! Elle avait de longs cheveux platine, des yeux de biche et une bonne humeur à toute épreuve.

Elle fut ravie de l'arrivée inopinée de l'adolescente, qu'elle accueillit avec gentillesse, comme si elle était la petite sœur qu'elle n'avait jamais eu la chance d'avoir. Pourtant ce fut le Marseillais qui immédiatement, prit Tamara sous son aile. Pour l'un des plus importants caïds de la drogue de tout le pays, si ce n'est le plus important, la famille était pour lui fondamentale tout comme un environnement calme qui ne soit pas susceptible de le déconcentrer de ses affaires. Depuis le fond moite de sa cellule, il menait en effet son business avec rigueur et efficacité. L'arrivée impromptue de Tamara le prit de court. Lui qui était réputé pour son sens impitoyable des affaires, allié à un pragmatisme certain, fut étonnamment bouleversé par l'histoire de l'adolescente. Cela le mit redoutablement en colère : Même lui qui avait pourtant fait abattre de sang-froid quelques-uns de ses adversaires, n'aurait jamais poussé le cynisme et la cruauté à exercer un chantage d'une telle ignominie. Demander à une adolescente de choisir entre son bébé ou sa liberté ? Mais où allait-on !

Aussitôt il affecta deux de ses hommes de main, qu'il avait pu garder avec lui grâce à ses relations haut placées, à la sécurité exclusive de la jeune fille. Où qu'elle aille ils devaient être à ses côtés, de jour comme de nuit. Rocco et Jules, au service de la famille du Marseillais depuis toujours, incarcérés pour meurtres avec préméditation, hochèrent simplement la tête et s'installèrent de part et d'autre de Tamara. Ils n'étaient ni très imposants ni très costauds cependant leurs regards froids, leurs nez cassés et leurs réputations tout à fait justifiées de tueurs, n'incitaient pas à les contrarier. Le dernier qui avait osé les heurter par inadvertance, dans l'effervescence de la cantine, avait malencontreusement été retrouvé mort, la nuque brisée et les deux yeux arrachés... *Ante mortem* bien évidemment ! Personne n'avait rien vu, il n'y avait aucune preuve mais tout le monde savait : on ne venait pas bousculer ni M. Marius ni ses hommes.

Ainsi chaperonnée Tamara comprit immédiatement qu'elle ne risquait rien, même si cela semblait nettement antinomique de se sentir sécurisée au sein d'une prison surpeuplée ! C'était toutefois le cas. Petit à petit elle fit la connaissance des autres détenus, qui la considéraient tous avec une douceur protectrice des plus singulières. Même Teddy, violeur multirécidiviste, qui avait commencé son interminable collection de viols dès ses quinze ans, ne comprenait pas que l'on put vouloir du mal à une jeune fille si visiblement enceinte. Comme il le résumait volontiers : « il fallait vraiment être détraqué pour ça » ! Trentenaire séduisant, il avait toujours joué de son charme certain, de son intelligence et son humour pour approcher ses victimes, avec Tamara il en usa seulement pour la faire rire et lui faire un peu oublier l'enfer dans lequel elle était tombée.

M. Denicet quant à lui, était le sociopathe officiel du pénitencier. Anciennement professeur de philosophie à l'Université de Gnaux, capitale du Mooraland, il était un homme affable et cultivé, au physique banal de quinquagénaire débonnaire, aux cheveux gris et dégarnis. Il était cela jusqu'à ce qu'il sourit d'un sourire froid et gourmand qu'on aurait imaginé voir à un alligator, si ceux-ci avaient eu la possibilité de sourire. Il dévoilait alors une redoutable et étincelante dentition en métal, on éprouvait alors la terrible certitude d'être un mets de choix. M. Denicet, professeur de philosophie, qui pouvait citer Platon ou Socrate dans le texte, était un cannibale. Il avait débuté cette stupéfiante carrière en mangeant le capitaine de l'équipe de hockey de son lycée, bien que cela n'ait jamais pu être prouvé. Il avait été arrêté et condamné à la prison à perpétuité pour le meurtre du recteur de son académie qu'il avait lentement dégusté steak après steak. Personne n'osait s'approcher de lui à moins d'un mètre. Même pas les gardiens ! Car s'il était malencontreusement tombé pour ce meurtre-là, il en avait certainement commis des dizaines auparavant. Il était juste impossible de le prouver.

Cependant, comme Teddy, il secouait la tête et citant Jean-Paul Sartre, il lançait sous l'œil rond des autres prisonniers « Dans la vie on ne fait pas ce que l'on veut, mais on est responsable de ce que l'on est. » et lui n'était pas homme à faire du mal à une femme, une enfant encore, aussi désarmée et fragile. Non il ne s'attaquait uniquement qu'à ceux qui détenaient force et pouvoir, ainsi la lutte semblait plus égale. Il avait ainsi joyeusement dévoré un solide agent de police qui avait eu le front de l'arrêter pour excès de vitesse. Manger une femme enceinte quelle horreur, l'idée même lui soulevait l'estomac qu'il avait pourtant admirablement solide.

De facto il s'instaura comme le professeur linguistique de Tamara, lui inculquant un Mooralandien cultivé, la reprenant sans pitié sur la moindre de ses fautes de prononciation. En quelques semaines elle fit des progrès stupéfiants, encouragée par tous ses codétenus.

Chapitre 20

Passée la première journée de découverte, la vie carcérale n'était qu'une succession de journées mornes et semblables les unes aux autres. Elle commençait avec un petit-déjeuner pris à sept heures sonnantes dans la cantine. À l'appel, les prisonniers sortaient de leur cellule dont la porte s'ouvrait automatiquement. Ils se rangeaient en ordre et se rendaient au pas cadencé à la cantine. Gare à celui qui traînait ou sortait d'un pas de la file. Il se faisait immédiatement remettre au pli par les gardiens sévèrement armés. Les coups de bâtons pleuvaient souvent, en orages drus, tout comme les coups de tasers qui laissaient la personne hébétée des heures durant après avoir essuyé une décharge de 50 000 volts. Encore pouvait-elle s'estimer heureuse si elle n'avait pas immédiatement déféqué dans sa combinaison orange ! Solidement encadrée par Rocco et Jules, Tamara ne risquait cependant rien, les gardiens passant à côté d'elle sans lui accorder un seul regard.

Après le petit-déjeuner — de l'eau vaguement teintée, nommée pompeusement café, accompagnée de pains trop souvent rassis — consommé dans un silence absolu, les prisonniers retournaient soit en cellule, soit ils partaient accomplir leur journée de travail. En effet, jouxtant le centre de détention, de vastes hangars abritaient des chaînes de montages installées par diverses sociétés. C'était aux dires de l'administration, une manière de réinsérer le prisonnier dans le monde du travail. De l'avis des prisonniers c'était surtout un moyen d'avoir de la main-d'œuvre gratuite et corvéable à merci…

Tous ceux qui étaient en état de santé jugé satisfaisant, participaient à ce programme. Ils devaient donc se rendre à ces usines, toujours en rangs admirablement ordonnés. Ils travaillaient là huit heures d'affilée, sans pause, puis à seize heures enfin ils pouvaient avoir un moment à eux pour une promenade d'une demi-heure dans la cour. Venait ensuite le dîner servi à nouveau dans la cantine. Au menu on retrouvait trop souvent une sorte de purée gluante accompagnée d'un ragoût dont la viande rarissime n'avait pas encore pu être identifiée : certains pariaient sur du chien, ou du chat, d'autres pour des bas morceaux que l'industrie de fabrication de nourriture pour animaux de compagnie refusait d'utiliser dans leurs produits. On pouvait craindre que la dernière proposition soit la bonne...

Ensuite les détenus regagnaient leur cellule, éreintés par leur journée. Ils disposaient leurs matelas à même le sol et s'écroulaient pour une nuit d'un sommeil peu réparateur. L'extinction des feux se faisait à vingt heures ce qui permettait aux détenus de néanmoins trouver un petit moment de détente en jouant aux cartes ou en discutant.

La nuit froide ou brûlante suivant la saison, n'était guère un bon moment, dans la promiscuité de corps transpirants et ronflants, et de passages forcés à l'unique WC qui ponctuait la nuit du bruit de cataracte de sa chasse d'eau. L'obscurité permettait tout un trafic, échanges de menaces ou mises à exécutions de règlement de compte. C'était aussi la période de plein travail pour Peggy Lou qui louait ses services à des tarifs prohibitifs, s'assurant un confortable revenu qu'elle mettait soigneusement de côté pour sa sortie.

Cela aurait pu être un moment éminemment périlleux pour Tamara qui se trouvait être la seule femme en dehors de Peggy Lou, au milieu de 25 hommes. Il n'en était cependant rien, car pelotonnée entre Rocco et Jules rien ne pouvait lui arriver. Dans leur rôle totalement assumé d'ange gardien ou grands frères, ils veillaient sur elle 24 heures sur 24. Avec la froide morsure de l'hiver et le piètre chauffage, les nuits étaient glaciales. Tamara habituée à un climat plus clément, grelottait. Rocco et Jules étendaient alors sur elle leurs couvertures et la réchauffaient en la serrant entre eux deux, avec une délicatesse qui en aurait laissé pantois plus d'un. Frileusement blottie dans la chaleur de leurs bras, en totale confiance, elle s'endormait un sourire aux lèvres.

Avec le temps elle apprit à les connaître, à les apprécier autrement que comme garant de sa sécurité ou bouillotte nocturne. Jules était taciturne, Rocco trichait aux cartes ouvertement sauf avec son comparse, Jules avait une petite amie dont il parlait peu et qui venait le voir au parloir chaque semaine. Rocco cultivait une personnalité de tombeur et rêvait de sortir ne serait-ce que pour retrouver ses costumes Armani. Tous deux avaient en commun un coup d'œil précis et implacable, une froideur de tempérament qui les mettait à l'abri de toute manifestation nerveuse intempestive. Ils ne répondaient jamais directement à la moindre provocation, mais on pouvait être certain qu'ils trouveraient un moyen sanglant et douloureux de faire payer le fauteur de troubles tôt ou tard. De plus un regard de M. Marius était un ordre qu'ils exécutaient quoiqu'il leur en coûte.

Tous deux venaient du même quartier de Marseille ; à leur arrivée au Mooraland M. Marius leur avait donné la chance de devenir autre chose que de petits malfrats. Il les avait formés, instruits, aussi ils auraient volontiers donné leur vie pour lui. Entre eux ils ne parlaient qu'un français à l'accent prononcé, mâtiné d'expressions de chez eux que nul ne pouvait comprendre. S'ils s'exprimaient en Mooralandien c'était avec des intonations chantantes typiquement Marseillaises, cependant nul n'aurait osé émettre la moindre réflexion. Bien évidemment M. Marius était exempté de tout travail en usine grâce à un certificat médical délivré par le médecin même de la prison. Peu de temps après ce dernier avait démissionné de ce poste, ce qui ne pouvait être qu'une étrange coïncidence.

Malgré sa grossesse, Tamara fut jugée apte au travail et dut, elle aussi se rendre aux hangars où l'attendait une laborieuse, insipide et fatigante besogne. Pourtant lorsqu'elle voulut prendre place dans la chaîne, Rocco et Jules la fustigèrent du regard et la firent asseoir confortablement sur une pile de cartons. Le professeur Denicet lui glissa un livre qu'il s'était procuré tout exprès pour elle, lui enjoignant de le lire. Les gardiens, leur matraque à la main, ne firent aucune réflexion et passèrent devant elle comme s'ils ne la voyaient pas. Cela dura tout au long de son séjour carcéral. Pas une fois elle ne dut travailler debout à assembler des composants. Cela lui permit de notablement bien progresser dans sa maîtrise de la langue, grâce aux nombreuses lectures que lui imposait le professeur.

L'heure de la promenade survenait enfin, les libérant tous pour un court moment en plein air. Là, Tamara côtoyait les autres prisonniers. Voleurs ou junkies, ils la suivaient tous d'un regard avide, bien que les silhouettes des deux Marseillais qui l'accompagnaient avec une fausse nonchalance, ne les incitassent pas à plus qu'un bref coup d'œil. Le professeur profitait de cette demi-heure pour l'interroger sur sa lecture, tout en l'entraînant d'un pas vif tout autour de la cour. Il était un adepte convaincu du « *Mens sana in corpore sano* » et l'appliquait sans détour.

La vie en prison avait ses lois immuables et ordonnées, et certains endroits de la cour étaient dévolus à tel ou tel gang. Personne ne s'avisait de violer cette règle tacite, sauf le professeur Denicet qui ne s'intéressait en rien à de tels détails. Comme on avait récemment trouvé le chef d'un gang de latino Nord-Américain, égorgé, les joues et la langue soigneusement dévorées alors qu'il avait le jour précédent apostrophé le professeur, plus personne ne s'avisait de lui faire la moindre réflexion.

Accompagnés de Tamara, suivis par les Marseillais, ils arpentaient donc toute la cour en devisant paisiblement.

Complétant cette routine, les prisonniers avaient droit à une douche une fois par semaine. Les femmes la prenaient séparément des hommes pour des raisons évidentes. Peggy Lou, sans en avoir l'air, restait toujours à côté de l'adolescente parce que même entre femmes les relations pouvaient vite tourner à l'aigre. Priver des gens de liberté qu'ils soient homme ou femme, ne pouvait qu'exacerber ressentiments et frustrations. Peggy Lou en était bien consciente aussi elle s'appliquait à gommer toute provocation ; Tamara s'efforçait de suivre son exemple bien que cela ne soit pas toujours simple. Néanmoins dans l'ensemble, ses relations avec les autres détenus quels qu'ils soient, étaient plutôt tranquilles.

Ils considéraient sa silhouette chaque jour plus arrondie avec une sorte de curiosité, voire pour ceux qui étaient parents, avec une stupéfiante sollicitude. Venu d'on ne sait où on lui tendait une pomme, une barre chocolatée ou lors de la douche, un petit savon délicieusement odorant remplaçait dans sa main celui gris et rugueux de la prison. Après la douche, l'une ou l'autre s'emparait d'une brosse avec une sorte d'évidence et s'occupait avec douceur, de lui démêler sa longue chevelure châtain. Ces petites attentions, si humaines, lui permettaient de tenir le coup. Même si toutes les fois où l'un de ses codétenus était appelé au parloir son cœur se décrocha : pourquoi n'avait-elle pas de visite ? Où était Liam ?

Parfois la nuit venue elle glissait dans un sommeil peuplé de rêves dans lesquels elle retrouvait Liam. Sans même s'en rendre compte elle se blottissait un peu plus contre Rocco tandis qu'elle cherchait désespérément un autre que lui. Réveillé en sursaut il soupirait avec un brin d'agacement avant de la secouer sans beaucoup de patience, tout en grinçant un :

— Eh pitchoune j'suis pas ton mec !

Les idées confuses, ne sachant plus où elle était, Tamara le dévisageait avec incrédulité, alors que peu à peu elle reprenait conscience de la réalité. Liam n'était pas là. Des larmes qu'elle tentait d'endiguer, montaient irrépressiblement, noyant son regard vert et ne tardaient pas à déborder malgré tous ses efforts. Rocco, désemparé, bougonnait sans trop savoir quoi faire :

— Ahhh non tu vas pas chialer…

Jules ne disait rien, il lui tendait simplement un mouchoir en papier, terriblement navré, mais ne sachant que dire. Peggy Lou au bruit des sanglots de l'adolescente, laissait là son éventuel client et moitié marchant moitié trébuchant sur les corps endormis, elle parvenait jusqu'à Tamara. Elle la prenait alors entre ses bras, la berçant avec une tendresse inquiète tout en lançant des regards assassins à Rocco. Finalement Tamara se rendormait d'un sommeil agité, tandis que Rocco et Jules partageaient sans le dire les mêmes pensées : que faisait donc ce salopard de Loup ? Pourquoi ne venait-il pas sortir sa chérie de cet enfer ? Des pensées toutes plus criminelles les unes que les autres fleurissaient dans leurs têtes à l'encontre du soldat : il n'aurait pas été bon que Liam apparut au cours de l'une de ces nuits ! Ils n'en disaient cependant rien à la jeune fille, se contentant maladroitement au matin d'effacer la nuit passée en lui racontant de ridicules petits rien. Étonnamment Teddy était le mieux placé pour la faire rire et lui faire oublier un instant où elle était. Ces matins-là, un petit pain moelleux apparaissait comme par magie à côté de son bol en plastique, en même temps que Teddy s'ingéniait à inventer une énième blague. Tamara retrouvait un instant son naturel joyeux, ne comprenant toutefois pas ce qui empêchait Liam de venir. Elle ne demandait pas grand-chose, peut-être ne pouvait-il pas la tirer de ce bourbier, mais qu'il vienne au moins lui expliquer au parloir. Est-ce trop demander ? Il lui avait juré de la sortir d'ici, pourquoi n'était-il pas là ? Et s'il lui était arrivé quelque chose ? Si la blessure qu'il avait récoltée lors de leur descente en tyrolienne était plus grave que prévu ? À cette idée son cœur loupait quelques battements, elle devenait subitement d'une lividité translucide et Rocco s'avisant de son angoisse soudaine lui soulevait le menton d'une main tout en grognant avec son accent inénarrable :

— Cesse donc de pleurnicher sur ce type boudiou ! Y a vraiment qu'un salaud de flic pour abandonner une aussi jolie minette, eh heureusement que tu nous as Jules et moi, hein !

Il lui décochait alors l'une de ses plus merveilleuses œillades, ce qui avait au moins le don de la faire sourire. Le plus souvent il ajoutait d'un ton grondant, dont on ne savait s'il était sérieux ou pas :

—Tu sais ce qu'on en fait des loups chez nous à Marseille ? Et bé on les mange ! Vaïe on les bouffe en bouillabaisse ! Pourrait bien finir pareil celui-là, qu'est-ce t'en pense Jules ?

Jules fronçait des sourcils au-dessus de son regard noir, tandis que ses lèvres s'étiraient lentement avec une sorte de cruelle délectation, tout en hochant lentement la tête. Plus le temps passait, plus la cote de l'officier des FIS baissait. Bientôt il serait même dangereux pour lui de se montrer seulement au parloir, si tant est qu'il vienne un jour. En attendant ce moment, la vie s'écoulait jour après jour, tous mornes et semblables bien que tous les codétenus fissent leur possible pour distraire l'adolescente.

Teddy et Rocco se mirent même un jour dans la tête de lui tatouer trois points sur la main. Un incontournable, disaient-ils en chœur.

— Mais pourquoi trois points ? s'enquit-elle avec curiosité.

— Tu peux aussi en avoir cinq si tu préfères, mais dans ton cas trois c'est mieux…, affirma Teddy en se retenant de rire tandis que Rocco approuvait.

— Trois ou cinq ? Expliquez-moi ça les gars…

— Ben… quatre points et un au centre symbolisent le prisonnier muré dans sa prison.

— OK, et trois alors ?

— Euh... C'est « mort aux vaches », mort aux flics quoi..., clarifia Rocco sans pouvoir s'empêcher d'éclater de rire.

— Très drôle, vous n'en perdez pas une ! fit-elle en levant les yeux au ciel tout en se retenant de rire elle aussi, afin de ne surtout pas les encourager dans leurs bêtises !

Les tatouages étaient légion, un moyen d'expression, de communication et de rébellion comme un autre sans doute. Certains portaient l'emblème de leur clan ou de leur gang tout comme M. Marius, Rocco et Jules qui arboraient fièrement sur leur avant-bras gauche une magnifique vierge Marie, représentant Notre-Dame-de-la-Garde ou plutôt « la Bonne Mère » qui veillait sur tout bon Marseillais.

D'autres affichaient fièrement des croix dans le dos ou parmi les plus vieux prisonniers qui avaient dû connaître bien d'autres geôles avant d'échouer dans celles-ci, les portraits de Lénine ou Staline. On voyait aussi des toiles d'araignées s'enrouler autour des coudes ou des larmes couler aux coins des yeux. Aux dires de Rocco le nombre de larmes était proportionnel aux nombres de meurtres commis. Il ajoutait que si Jules et lui devaient se faire tatouer des larmes pour tous les gars qu'ils avaient descendus ils ressembleraient à des Maoris ! Avec un frisson Tamara n'était pas certaine que cela ne soit que des exagérations que l'on attribuait volontiers aux gens du Sud. Les junkies se reconnaissaient au serpent qui leur enserrait le cou, représentant symboliquement leur dépendance à la drogue qui les étranglait. Certains étaient couverts de tatouages de la tête aux pieds, c'était étrange toutefois moins effrayant qu'il y paraissait de prime abord.

Finalement afin d'occuper l'une de ces longues et glaciales soirées d'hiver, Tamara accepta d'avoir un tatouage... À condition qu'elle choisisse le motif ! Avec Teddy et Peggy Lou ils passèrent beaucoup de temps à discuter du dessin idéal puis une fois d'accord, à le réaliser. Lorsque la jeune fille vit le crayon auquel était fixée une simple aiguille à coudre ainsi que la cuillère à café emplie « d'encre » en réalité du noir de plastique brûlé, mélangé à de la cendre de cigarette dilué avec du gel douche ; elle blêmit une seconde, mais ne fit pas marche arrière. Non elle ne se dégonflerait pas ! Elle tendit son bras et serra les dents...

C'était effectivement très douloureux ! Elle se demanda comment Liam avait pu supporter de se faire tatouer la moitié du visage ! Son admiration pour lui monta d'un cran. Pourtant après plus d'une heure à se cramponner au bras de Jules et à se mordre les lèvres afin de retenir ses hurlements, lorsque ce fut enfin terminé elle considéra son tatoo avec une vraie fierté : c'était incroyablement réussi et elle était parvenue à ne pas crier ! Les autres détenus l'applaudirent tout en la chahutant gentiment : à présent elle était des leurs.

Chapitre 21

Chaque jour qui passait, elle s'arrondissait un peu plus, ce qui fascinait ses codétenus. Toutefois ce qu'ils préféraient c'était lui demander avec une touchante timidité, s'ils pouvaient toucher son ventre aussi rond qu'un ballon de foot. Elle acquiesçait en riant. Ils posaient alors doucement leurs grosses mains, qui avaient peut-être tué ou volé, avec une sorte de pieuse révérence comme si elle était soudain une Madone. Lorsque le bébé s'agitait de toute la force de ses minuscules jambes, faisant apparaître d'étranges bosses, ils poussaient des couinements ravis et gloussaient bêtement ce qui était plutôt bizarre à observer de la part d'aussi gros durs ! Cependant à côté de Tamara, même le plus endurci s'amollissait et oubliait une seconde ses envies de meurtres ou de drogues.

Quelques jours seulement après qu'elle soit arrivée en prison, Tamara fut convoquée au bureau du directeur du pénitencier. M. Marius leva un sourcil agacé : que se passait-il ? Que lui voulait donc Roger ? Cela faisait si longtemps qu'il était incarcéré qu'il tutoyait le directeur, faisant parvenir régulièrement des fleurs ou des chocolats à sa femme. Cela lui permettait d'avoir une relative tranquillité afin de continuer à faire perdurer ses affaires.

Deux gardes la conduisirent sans la bousculer au bureau du directeur, refermant la porte derrière elle. Le directeur leva la tête des divers dossiers qu'il avait étalés devant lui, tout en faisant :

— Ah c'est vous Tamara... Voilà on m'a demandé de vous transmettre ce document.

Il fronça une seconde les sourcils avant d'ajouter :

— Comprenez-vous ce que je dis ?

— Oui, je commence à parler un peu votre langue, ne vous inquiétez pas.

— Vous vous débrouillez très bien ! Votre accent est impeccable, vraiment.

— C'est grâce à M. Denicet...

Il haussa les épaules avec une sorte de découragement englobant toute l'espèce humaine, avant de marmonner :

— Évidemment M. Denicet... Bref l'administration régulant l'immigration m'a chargé de vous remettre ce document. Lisez-le et si les conditions vous conviennent signez-le.

Tamara se saisit des papiers, parcourant hâtivement la première page. Le peu qu'elle maîtrisait en Mooralandien lui suffit pour comprendre de quoi il retournait.

— Ils veulent que j'abandonne mon bébé, c'est une marotte chez eux !

Avec une sorte de rage qui lui fit un bien fou, elle déchira les documents et tendit les morceaux au directeur.

— Je suppose que la réponse est non alors..., constata-t-il avec une sorte de sourire satisfait.

Qu'enfin une femme s'oppose un peu au système le réjouissait plus qu'il ne saurait l'avouer.

Ainsi chaque semaine, le même scénario se répéta : il lui tendait les documents elle les déchirait. Au bout de deux ou trois fois il lui proposa de partager son thé et un délicieux gâteau que sa femme avait fait. Petit à petit cela devint pour Tamara une sorte de routine institutionnelle, que d'aller prendre le thé chez « Roger » ! Peu à peu il lui expliqua pourquoi les services d'immigrations tenaient tant à ce qu'elle abandonne son enfant. C'était uniquement parce qu'il fallait se montrer rentable, pourtant comment être rentable en tant que service administratif chargé de l'immigration ? Hormis en proposant des enfants à l'adoption contre une forte rémunération. C'était aussi simple que ça. De surcroît une Mère de la Patrie était un phénomène rarissime, toutefois synonyme d'un enfant parfaitement sélectionné suivant les plus modernes procédés d'eugénisme, que bien évidemment la société mooralandienne rejetait tout à fait... Un bébé qui valait donc son pensant d'or.

Roger bougonnait que s'ils avaient autant de souci comptable que lui, et ce devait être le cas, ils ne pouvaient que tout tenter afin de convaincre les futures mères de faire adopter leur bébé. Y compris exercer un chantage en plaçant ces futures mamans dans des conditions éprouvantes pour leur santé et leur sécurité. Lui-même, afin de conserver des comptes positifs avait dû se résoudre à ne donner que 2 repas par jour aux prisonniers et proposer à de grosses compagnies de les utiliser en louant cette corvéable main-d'œuvre, directement au centre pénitentiaire. De cette façon il parvenait à équilibrer ses comptes, dégager quelques heureux bénéfices et ne pas se faire taper sur les doigts pour incompétence ou pire pour gabegie !

Tamara le considérait avec ébahissement : Jamais de sa vie elle n'aurait pu imaginer que faire des bénéfices soit au-dessus de la plus élémentaire humanité. Dans quelle société était-elle tombée ?

Amèrement elle se demandait pourquoi Liam l'avait emmenée jusqu'ici, si ce n'était même pas pour qu'ils soient ensemble… Alors elle passait une main sur son ventre, ne voulant pas songer plus loin que la prochaine comparution devant la commission chargée de statuer sur les demandes de nationalité. Elle s'y présenterait d'ici quelques semaines, elle devait donc rester concentrée sur son objectif rien d'autre ne devait compter pour l'instant. Comme le lui disait avec calme M. Marius : une fois avec son passeport en poche elle aurait tout le loisir de chercher Liam. Et qu'elle ne se fasse pas d'inquiétude on lui trouverait du boulot à sa sortie. Elle n'était pas seule.

La jeune fille lui renvoyait un sourire empli de reconnaissance, se retenant de lui sauter au cou, mais le Marseillais n'aurait certes pas apprécié ! Il était quelque part le père qu'elle n'avait jamais eu la chance d'avoir : Rude, sévère, exigeant, mais aussi aimant et attentionné.

Finalement c'est au fin fond d'une cellule insalubre qu'elle connut et comprit la notion jusque-là vague du mot « famille ».

Chapitre 22

Un matin alors qu'elle était comme chaque jour, sagement installée sur sa pile de cartons en train de lire tandis que ses codétenus trimaient à la chaîne, lui décochant de temps à autre sourire ou clin d'œil, deux surveillants s'approchèrent d'elle. Elle pâlit tout à coup : allaient-ils lui reprocher de ne pas travailler ? Rocco et Jules ralentirent leur cadence afin de suivre la scène des yeux, sans doute prêts à intervenir. Mais que pouvaient-ils faire ?

Le cœur battant elle referma son livre alors que l'un des gardes l'interpellait :

— Mademoiselle Tamara, vous devez nous suivre.

— Mais... Mais pourquoi ? parvint-elle à balbutier tandis qu'une peur incontrôlable la saisissait.

Où allait-elle encore être emmenée ?

— Quelqu'un a payé pour vous, vous pouvez sortir.

En quelques secondes c'est toute la chaîne qui s'était interrompue, tandis que Rocco, Jules et Teddy s'approchaient dangereusement des gardiens. Ces derniers mirent lentement la main sur leur taser, tandis que Rocco s'exclamait avec colère :

— Payé ? Qui a payé pour qu'elle sorte ?

L'un des gardes jeta un coup d'œil rapide au bulletin de sortie avant de dire :

— Un certain M. Mawr. Il a signé les formulaires de responsabilité, c'est donc lui qui sera en charge de vous à présent. Vous devez donc nous suivre, ce monsieur vous attend.

Tamara crut que son cœur allait se décrocher. Liam, Liam était là. Elle glissa un peu laborieusement à bas de ses cartons, avant de sauter follement au cou de Rocco, d'embrasser Jules, de serrer Teddy dans ses bras, moitié riant moitié pleurant, sous le regard totalement interloqué de ses amis.

— C'est Liam ! Liam est là ! parvint-elle à leur glisser entre deux gloussements et un sanglot.

Elle n'eut toutefois pas le temps de dire plus car les gardiens la prenant fermement par le bras, l'emmenaient déjà. Elle se débattit en criant qu'elle devait dire au revoir à ses amis, mais les gardes secouèrent seulement la tête. Rocco se précipita vers elle, au risque de récolter un coup de taser, en s'exclamant :

— Oublie-nous pitchoune, oublie-nous et sois heureuse !

— Jamais je ne vous oublierai, jamais je ne t'oublierai Rocco...

Eut-elle à peine le temps de crier avant que les gardiens la traînent littéralement hors de l'usine tandis que d'autres gardes remettaient les prisonniers au travail.

Elle fut emmenée dans des vestiaires où elle récupéra ses vêtements et toutes ses affaires. On ne lui avait pas menti pour une fois ! Elle troqua sa combinaison orange contre son bas de treillis devenu trop serré à la taille. Ne pouvant le fermer, elle le bloqua vaille que vaille avec sa ceinture en cuir tout en enfilant son pull en laine par-dessus. Tant pis, cela ferait l'affaire !

Une surveillante l'emmena ensuite vers la sortie, lui faisant passer diverses sécurités et portes blindées. Comme une somnambule Tamara la suivait, ne pouvant croire que Liam était là, à quelques pas à peine.

Enfin elle entra dans une petite salle copieusement illuminée par le pâle soleil hivernal. Lui tournant le dos une haute silhouette semblait en occuper tout l'espace. Elle se mit à trembler, tout en s'avançant vers lui :

— Liam... Liam !

Occupé à parcourir quelques affiches prônant on ne sait quelles vertus humaines, l'homme se retourna lorsqu'il entendit la jeune fille. En costume sobre, il avait le regard d'un bleu gris très clair tandis que ses cheveux poivre et sel accentuaient la sévérité de ses traits. Il pouvait avoir entre 45 ou 50 ans.

Elle le dévisagea avec une incompréhension totale. Qui était-il ? Où était Liam ?

— Qui êtes-vous ? parvint-elle à bredouiller, submergée par une déception sans borne, se transformant peu à peu en colère.

L'homme s'approcha d'elle, il lui tendit la main tout en disant dans la langue de la jeune fille :

— Philippe Mawr, vous êtes Tamara ?

Elle le considéra avec stupéfaction, parvenant seulement à glisser :

— Où est Liam ?

— Il m'a demandé de passer vous chercher.

Le quadragénaire ajouta en ouvrant la porte à la jeune fille, lui enjoignant de sortir.

— Je suis son père.

Tamara ne sut quoi dire, trop stupéfaite pour parvenir à dompter ses pensées qui se télescopaient les unes aux autres. Elle suivit le père de Liam jusqu'à un parking battu par un vent glacial, chargé d'un résidu de neige. Peu couverte, elle grelottait déjà et s'assit avec un soupir de soulagement dans la petite cylindrée dont Philippe Mawr ouvrit obligeamment la portière côté passager. Il s'installa lui-même au volant, démarrant la voiture il mit le chauffage à fond afin de réchauffer l'adolescente, visiblement glacée. Il lui jeta un coup d'œil à la fois inquiet et curieux.

— J'ignorais que vous étiez enceinte…

Elle lui renvoya un regard effaré :

— Mais Liam ne vous a pas…

Il lui coupa la parole, se retenant visiblement pour dominer une évidente contrariété :

— Liam est un Loup et ceux-ci n'ont pas pour habitude de partager quoique ce soit en rapport avec leurs opérations. Alors j'ignore pourquoi vous étiez incarcérée, qu'est-ce qu'une fille de la Nation faisait là, mais Liam m'a demandé d'être votre garant. J'ignore quels secrets d'État vous détenez et cela m'indiffère à tout vous dire. Je rends ce service à mon fils rien de plus.

Elle ouvrit la bouche pour répondre, toutefois son regard peu amène lui fit perdre ses moyens. Comme s'adressant à lui-même il marmonna :

— Comment peut-on être aussi irresponsable et se retrouver enceinte en prison !

Il lui lança un coup d'œil perçant tout en conduisant :

— Quel âge avez-vous ? Vous êtes enceinte de combien ?

Elle se rencogna contre la vitre, lui renvoyant un regard non moins amical. Pourquoi la traitait-il comme la dernière des dernières ? C'était un peu fort !

— Vous pouvez me répondre, ce n'est tout de même pas un secret national je suppose. Je suis médecin, ajouta-t-il d'une voix un peu moins abrupte.

— J'ai seize ans, bientôt dix-sept, et je suis enceinte de plus de sept mois. Maintenant à vous de répondre ! Où est Liam ? Et comment se fait-il que vous parliez ma langue ?

Il la dévisagea avec une sorte de stupeur :

— Seize ans… Vous êtes une Mère de la Patrie dans ce cas… Est-ce que je me trompe ?

— Non. Je suis une Mère ou je l'étais, enfin peu importe. Où est Liam ?

— Seize ans, répéta-t-il avec une sorte d'effarement. Vous êtes si jeune. J'ai une fille de votre âge, Lisa…

— Je vous en prie monsieur, dites-moi où est Liam…

— Oh, Liam. Quelque part à mener une intervention secrète, une mission d'infiltration, une opération commando que sais-je !

Des larmes inondant irrépressiblement son regard vert, elle murmura :

— Je dois le voir… Quand viendra-t-il ?

— Ce n'est pas utile de vous mettre dans cet état ! Il réapparaîtra bien un jour ou l'autre, répliqua-t-il d'un ton soudainement dur.

Choquée, Tamara ravala ses larmes tout en rétorquant :

— Qu'en savez-vous s'il reviendra ! Ses missions sont infiniment dangereuses...

— Il a choisi de s'engager et de devenir un Loup, vous n'allez pas le plaindre !

— Il n'a rien choisi du tout !

— Bien sûr que si ! Il l'a fait contre notre avis à sa mère et moi, bafouant de cette façon toutes les valeurs que nous défendons.

— Il a été forcé de le faire, il aurait et de loin préféré poursuivre ses études.

Furieux qu'elle lui tienne tête, il lui darda un regard glacial qui n'était pas sans rappeler celui de Liam :

— Pensez-vous en savoir plus sur mon fils que moi-même ?

Elle soutint son regard, prête à rétorquer qu'il en connaissait fort peu sur Liam, si peu qu'il n'avait toujours pas compris ni qui elle était ni qu'elle portait son propre petit-fils... Mais le téléphone portable du médecin la coupa dans son élan vindicatif. Il prit la communication, répondant d'une voix toute professionnelle en Mooralandien.

Elle se tourna vers la vitre, regardant sans le voir le paysage défiler à toute allure. Regrettant la douce fraternité de Rocco, Jules ou Teddy. Dans quel méli-mélo allait-elle encore se retrouver, emportée au gré d'événements incontrôlés. Finalement, épuisée, bercée par le roulis de la voiture elle s'endormit.

allait-elle encore se retrouver, emportée au gré d'événements incontrôlés. Finalement, épuisée, bercée par le roulis de la voiture elle s'endormit.

Chapitre 23

Elle fut réveillée deux bonnes heures plus tard, par le docteur Mawr qui la secouait par l'épaule.

— Allez jeune fille, venez, nous sommes arrivés chez moi.

Elle s'étira une seconde tout en regardant autour d'elle. La petite cylindrée était garée dans l'allée d'un joli pavillon en bardeaux blanc. Elle s'extirpa péniblement de la voiture, le ventre douloureusement dur et tendu. Elle suivit néanmoins Philippe Mawr qui la précédait sur un perron de quelques marches, menant à une terrasse couverte, où il devait faire bon se tenir en été. D'un tour de clef il ouvrit la porte, invitant l'adolescente à entrer. Elle le suivit, une main serrée sur son ventre comme pour le soutenir. Il referma la porte derrière elle, tandis qu'elle avançait dans la pièce. Elle regarda autour d'elle avec curiosité et émotion : ainsi c'était là que Liam avait grandi... La porte d'entrée s'ouvrait directement sur un salon salle à manger, lumineux et confortable, la pièce en L se prolongeant par une cuisine américaine en bois clair. Devant la porte d'entrée un escalier grimpait à l'étage, menant sans doute aux chambres. Les murs étaient couverts de photos : toute la famille Mawr à divers moments de la vie. Les parents en mariés, des photos de bébés roses et grassouillets, celles d'enfants rieurs et turbulents, d'adolescents à diverses remises de prix, d'une famille unie en vacances... Et Liam sur toutes les photos, partout.

Elle ne s'était attendue à rien de la sorte. Elle s'approcha d'un portrait de Liam en jeune diplômé, le visage lisse dépourvu du moindre tatouage, quelques mèches blondes lui battant le front. Il était si différent à présent pourtant ni son sourire ni son regard n'avaient changé.

— Il avait dix-huit ans, c'était le jour de la remise des diplômes du BAC.

Elle perçut une telle fierté mêlée étroitement à une non moins amère déception, qu'elle ne sut que répondre. Une contraction, violente, lui coupa le souffle l'empêchant de penser. Elle se mordit les lèvres afin de ne pas crier, mais ne put réprimer un mouvement de douleur. S'avisant de son état, le médecin la prit par le bras et la fit s'allonger dans le canapé.

— Restez tranquille jeune fille. J'arrive.

Il attrapa sa trousse médicale, sortit un stéthoscope et un tensiomètre. Il souleva la manche de Tamara, lui prenant rapidement sa tension tout en notant son rythme cardiaque. Une fois fait, il releva légèrement son pull afin de tâter délicatement son ventre. Elle se laissa faire, étonnée par sa douceur.

— Tout va bien. Vous êtes fatiguée, une tension un peu basse néanmoins rien d'alarmant. Vous n'avez sans doute pas été très bien nourrie ces derniers temps, vous êtes trop mince, le bébé doit vous prendre tous vos nutriments. Tenez prenez cet antispasmodique cela devrait calmer ces contractions. Il faudra que vous preniez des vitamines et que vous mangiez équilibré.

Il lui tendit un comprimé ainsi qu'un verre d'eau, tout en lui faisant signe de rester allongée.

— Quand avez-vous eu votre dernier contrôle médical ?

— Il y a trois mois, lorsque j'étais au centre de l'immigration.

Il lui renvoya un regard à la fois choqué et inquiet.

— D'accord, je vais vous prendre rendez-vous chez l'un de mes collègues qui est obstétricien.

Immédiatement il composa un numéro sur son téléphone portable, conversant quelques secondes en Mooralandien. Pendant qu'il parlait la porte d'entrée s'ouvrit sur une femme d'une quarantaine d'années qui grimaça en enlevant son manteau.

— Quel froid, mais quel froid !

Elle était grande, ses cheveux d'un blond cendré ramenés en chignon sage sur sa nuque. Elle aperçut finalement la jeune fille étalée dans le canapé telle une otarie sur une plage. Elle lui envoya un sourire. Tamara sentit des larmes lui monter aux yeux : elle avait exactement le même sourire que Liam.

Au même instant le médecin raccrocha et se tourna vers elle :

— Ah te voilà ma chérie. Voici Tamara, comme tu le vois elle est dans une situation intéressante… J'ai pris rendez-vous chez Osmund, pourras-tu l'emmener demain matin ?

Sa femme hocha la tête, avant de se tourner vers l'adolescente :

— Enchantée Tamara, je suis Ella Mawr, tu peux m'appeler Ella si tu veux.

Son mari s'approcha d'elle, l'embrassa fugitivement avant d'attraper ses clefs et sa veste tout en lançant :

— Bon, je file, je serais à l'hôpital si tu as besoin. À ce soir !

Déjà il était dehors, la porte claquant derrière lui. Sa femme ne parut nullement s'en émouvoir. Elle retourna un autre sourire à Tamara :

— Voudrais-tu une tasse de thé ? Je suis frigorifiée, pas toi ?

Quelques minutes plus tard elle posait un plateau chargé de tasses et d'une théière fumante, sur la table basse jouxtant le canapé. Elle servit Tamara qui s'assit confortablement avant de prendre la tasse. Elle huma l'arôme fleuri du thé avant d'en boire une gorgée avec ravissement. Ella l'observa avec plaisir avant d'elle-même savourer son thé.

— Nous allons-nous occuper de toi jusqu'à ce que tu passes devant la commission, tout va bien aller tu n'as rien à craindre. Nous ignorions juste que tu étais si jeune et tellement enceinte !

Tamara reposa la tasse vide, avant de répondre.

— Je ne sais pas pourquoi Liam ne vous l'a pas dit, mais sans doute avait-il ses raisons.

Ella l'observa une seconde, puis lâcha en soupirant :

— Liam a toujours ses raisons propres, ses secrets sur ses missions et… Cela a créé un fossé entre nous. Je ne sais pas pourquoi je te raconte ça, après tout tu t'en fiches !

Tamara voulut rétorquer quelque chose, mais la porte fut à nouveau poussée, cette fois par une adolescente de son âge, grande et blonde. Elle posa une doudoune bleue sur une patère, tout en laissant tomber son sac de cours par terre, en s'exclamant en moooralandien :

— Tu as fait du thé maman, quelle bonne idée !

Elle s'interrompit brusquement en remarquant Tamara.

— Qui c'est celle-là ?

— Lisa, viens je te présente Tamara, elle vient de la Nation. Liam nous a demandé de l'héberger quelque temps.

Elle dévisagea Tamara, la détaillant sans vergogne. Elle pinça les lèvres de dégoût en voyant son ventre rond. Avant qu'elle puisse faire la moindre réflexion, Tamara se redressa, repoussant ses longues mèches châtaines en arrière tout en lançant dans le meilleur Mooralandien qu'elle put :

— Oui je sais je suis enceinte ! Et alors ?

Ella la regarda avec stupéfaction.

— Tu parles le Mooralandien ?

— J'essaye...

— Lisa comme Tamara parle le Mooralandien peut-être pourrait-elle suivre des cours au lycée avec toi ? Qu'en penses-tu ?

L'adolescente pinça les lèvres :

— Tu veux vraiment mon avis ? On dirait une clocharde ! C'est hors de question qu'elle vienne dans mon lycée me ficher la honte !

Tamara la considéra avec incrédulité. Comment était-ce possible d'être aussi superficiel et égocentrique ?

Braquant son regard vert, dans celui gris-bleu de Lisa, elle s'exclama froidement :

— Je n'ai choisi ni d'être enceinte ni d'être ici, et excuse-moi de ne pas être fringuée à la dernière mode comme toi, mais c'est les seuls vêtements que Liam a pu trouver. Maintenant vu l'accueil que j'ai dans ce pays depuis que j'y ai malencontreusement mis un pied, eh bien j'en viendrais à regretter les manoirs de la Nation !

— Eh bien retournes-y ! répliqua méchamment Lisa.

Tamara se mit lentement debout, par chance son ventre n'était plus si douloureux et les contractions s'estompaient.

— Ce serait volontiers, surtout si tous les Mooralandiens sont comme toi, sauf qu'on me prendrait mon bébé et qu'on me remettrait dans un manoir de Mère, alors non plutôt mourir.

— Lisa ! Tamara ! Ça suffit les filles ! s'exclama Ella avec agacement. Lisa tu ignores tout de la situation de Tamara, alors tais-toi. Toi Tamara tu ne sais rien de notre famille. Nous sommes comme toi, mooralandien d'adoption et non de naissance, sauf nos enfants qui sont nés ici. Alors pas de jugement hâtif s'il te plaît !

Tamara, interloquée la considéra avec stupéfaction. Tout à coup elle comprit :

— Vous venez de la Nation, tout comme moi n'est-ce pas ?

Ella hocha la tête :

— Oui, en effet. Nous avons trouvé refuge dans ce pays. Nous sommes à présent mooralandien.

Elle se tourna vers sa fille, qui affichait une moue furieuse.

— Lisa, je me demandais si on ne pourrait pas trouver des vêtements qui pourraient convenir à Tamara en attendant d'aller faire des courses.

L'adolescente leva les yeux au ciel, comme si sa mère était folle ou inconsciente :

— Maman, regarde elle est ridiculement petite, aucune de mes fringues ne lui ira !

— Je pensais aux habits de tes frères et toi lorsque vous étiez plus jeunes, que nous gardons religieusement au grenier. Tu te souviens lorsque tu étais au collège tu avais une salopette, peut-être lui irait-elle ? Veux-tu bien aller chercher ce carton s'il te plaît ?

Lisa grommela qu'elle avait autre chose à faire, mais finit par s'exécuter. Elle revint en tenant un gros carton qu'elle posa sur le tapis chamarré du salon.

Elle aida sa mère à fouiller à l'intérieur et faire plusieurs piles d'habits, tandis que Tamara considérait la situation avec une certaine incrédulité, priant pour que la porte s'ouvre une énième fois et que ce fut cette fois sur la haute silhouette de Liam. C'était si étrange d'être là en compagnie de sa mère, de sa jeune sœur, sans lui… Sans même savoir ce qu'elle pouvait leur confier ou pas. « Liam vient, s'il te plaît » implora-t-elle silencieusement avec une ferveur qu'elle n'avait pas mise durant toute sa détention.

— Quelle est ta couleur préférée ? lui demanda soudain Lisa, la tira brutalement de ses pensées.

— Oh… Je… Je ne sais pas trop j'ai toujours porté des uniformes…, bafouilla la jeune fille, éberluée par une telle question.

Une couleur favorite ? Mais qu'est-ce que c'était que ça !

Lisa la dévisagea avec stupéfaction, toutefois elle ne fit aucun commentaire. Finalement Tamara se retrouva avec une pile de vêtements susceptibles de lui convenir. Lisa lui montra la salle de bains, située à l'étage, où elle pouvait se changer.

Au bout de quelques minutes, la jeune fille redescendit. Elle portait une salopette en jeans parsemée de fleurs brodées toutefois elle avait gardé son vieux tee-shirt militaire. Elle posa la pile de tee-shirt et de pulls en faisant une grimace embarrassée :

— Désolée, mais bébé et moi tous les deux ensemble ne rentrons pas là-dedans. La salopette par contre est impec', merci.

Ella la regarda une seconde tout en lui renvoyant un sourire.

— C'était à prévoir, mais rassure-toi tu n'es pas si énorme que ça pour être enceinte de sept mois. On va trouver autre chose parce que là tu ne peux pas rester avec ce tee-shirt. On dirait que tu as fait la guerre avec !

Tamara se retint de rire tout en hochant la tête :

— C'est un peu ça ! Je l'ai porté durant toute notre fuite avec Liam…

Ella la dévisagea, faillit dire quelque chose avant de se reprendre.

— Je suppose que tu ne peux pas nous parler de ça... Pourquoi t'es-tu enfuie, pourquoi est-ce Liam qui était chargé de cette intervention, est-ce que c'était lié à sa mission d'infiltration ?

Tamara rougit, puis murmura :

— C'est à Liam de vous donner ces explications...

Ella haussa les épaules, soupira tout en disant à mi-voix :

— Ce n'est pas son genre... Enfin il nous a demandé de nous occuper de toi, c'est donc ce que nous allons faire.

Elle se plongea à nouveau dans le carton, exhibant une autre pile d'habits.

— Peut-être que ceux-là t'iraient...

Lisa fit une grimace répugnée, tout en se récriant :

— Maman, ce sont les tee-shirts des garçons ! C'est moche à hurler !

Tamara saisit la pile tout en répondant d'un ton qu'elle espéra patient :

— Peu importe, du moment que j'y rentre !

Elle revint quelques minutes plus tard portant un large tee-shirt rouge, un peu usé, sur lequel on pouvait lire un magistral Chuck Norris Facts : « Chuck Norris a déjà compté jusqu'à l'infini. Deux fois. »

Lisa se boucha théâtralement les yeux tout en s'exclamant :

— Oh non ! Je croyais qu'on était débarrassé de cette horreur !

Tamara la regarda avec une pointe d'agacement :

— Bah je ne sais pas ce que tu lui reproches, je le trouve très bien.

— C'est parce que tu ne sais pas qui est Chuck Norris et qu'en plus tu n'as pas supporté Liam le porter 24 heures sur 24 durant un an !

— J'ai vu la plupart des films de Chuck Norris, sans compter la série « Walker, Texas Ranger ». Tu me prends pour quoi ? Tu crois qu'on n'a pas de cinéma chez nous ?

— Les filles temps mort ! intervint Ella afin de couper court à leur discussion, songeant avec un brin d'inquiétude que les relations entre les adolescentes n'allaient pas être de tout repos.

Dans quoi s'étaient-ils lancés en acceptant d'héberger la jeune Tamara !

— Bon ce tee-shirt fera l'affaire en attendant qu'on te fournisse une plus ample garde-robe. Maintenant Lisa montre lui la chambre d'amis où elle dormira durant son séjour chez nous, ensuite tu iras faire tes devoirs. D'accord ?

Les deux adolescentes hochèrent la tête avant de monter à l'étage. Lisa poussa la deuxième porte qui donnait sur le palier, tout en marmonnant :

— Voici ta chambre…

Tamara entra à sa suite dans une petite pièce, sobrement meublée d'un grand lit recouvert d'un patchwork multicolore, d'une penderie et d'une minuscule table sous laquelle était rangée une chaise en paille. Les murs étaient simplement peints en blanc, cependant ils étaient égayés par quelques dessins colorés résolument de style manga.

L'un d'eux trônait juste au-dessus du lit, représentant une sorte d'héroïne, cheveux flottant au vent et bras chargés de fleurs qui s'envolaient en bourrasque. Tamara presque fascinée s'approcha lentement. Il ressemblait tant au portrait que Liam avait fait d'elle, la première fois qu'ils s'étaient rencontrés. Tout cela était si déroutant. Elle était chez lui, vêtue de l'un de ses tee-shirts et dormirait sous l'un de ses dessins, mais lui n'était toujours pas là. C'était beaucoup trop déstabilisant pour elle.

Sans même s'en rendre compte, elle murmura son prénom, fatiguée, éprouvée par toutes ces dernières heures. Lisa, les yeux étrécis sur une colère refoulée, se tourna brusquement vers elle tout en faisant à voix basse :

— J'ignore pourquoi et comment tu sais que c'est lui qui a fait ces dessins, ou pourquoi tu ne l'appelles pas lieutenant Mawr ce qui serait logique. Mes parents sont peut-être crédules mais moi pas !

— Je ne sais pas où tu veux en venir, mais quoi qu'il en soit je suis vannée, il faut que je me repose.

Lisa s'approcha, ses yeux bleus brillants d'une lueur franchement hostile :

— Lorsque tu parles de mon frère ton regard change, à croire que t'es amoureuse de lui !

Tamara serra les lèvres tout en soutenant le regard vindicatif de Lisa :

— Et si c'était le cas ?

— Quoi ? Mais... Mais tu as mon âge !

— Et alors ? De toute façon ce ne sont pas tes affaires. Laisse Liam gérer ça, il est bien assez grand, crois-moi !

Puis sans plus se préoccuper de Lisa, elle s'allongea sur le lit une main posée sur son ventre.

— Laisse-moi s'il te plaît je suis épuisée.

Chapitre 24

Elle ferma les yeux et s'endormit presque aussitôt, sous l'œil médusé de Lisa. Elle la regarda quelques secondes avant de sortir d'un pas furibond. Finalement Tamara ne se réveilla que le lendemain matin tirée du sommeil par les bruits d'une maison au petit matin. Elle sursauta, oublieuse de l'endroit où elle se trouvait, effrayée de ne pas trouver le réconfort des corps chauds de Rocco et Jules. Elle était seule, écoutant les bruits particuliers d'une famille : douche matinale, claquements de portes d'une armoire, légère musique de quelqu'un qui s'éveillait sur fond sonore, odeur de pain grillé, goutte à goutte du café qui s'écoule… Tout cela était si particulier, si bizarre pour elle qui n'avait jusqu'alors vécu qu'en communauté. Même la prison lui parut tout soudain plus normale.

Elle resta allongée quelques minutes à guetter les mille et un bruits particuliers, puis prenant son courage à deux mains elle repoussa la couette. Elle passa sa salopette, refit le lit au carré comme elle en avait l'habitude. Elle promena sans grande conviction ses doigts dans ses longues mèches châtains, toutes embrouillées de la nuit, songeant que si Liam la voyait ainsi il se moquerait d'elle. Elle soupira. Que faisait-elle chez lui sans qu'il soit là ? C'était une situation totalement ubuesque.

Enfin elle prit son courage à deux mains et descendit l'escalier à pas feutrés, consciente de ce que sa présence avait de dérangeant pour les Mawr. Dans la cuisine Ella s'activait à préparer le petit-déjeuner. Elle était encore toute seule, ce qui fut un soulagement pour l'adolescente.

Redressant la tête, Ella la vit s'approcher timidement. Elle lui envoya un sourire chaleureux :

— Bonjour, as-tu bien dormi ? Tu avais l'air exténuée hier…

— Oui j'ai dormi comme une masse, faut dire qu'en prison ce n'était pas terrible pour se reposer, les matelas n'étaient pas aussi confortables que le vôtre !

Une voix l'interrompit sèchement :

— Tu fabules ! Tu n'étais absolument pas en prison ! Les immigrés sont accueillis dans des centres adaptés.

Tamara se retourna, déjà excédée de devoir affronter Lisa dès le matin. Elle lui répliqua pourtant du tac au tac :

— Tu étais avec moi ? Non parce que je ne t'ai pas vu dans ma cellule ! Pourtant y en avait du monde… Donc oui je suis passée par l'un de tes centres avant qu'ils m'expédient directement dans un pénitencier parce que j'ai refusé de signer un certificat d'abandon pour mon bébé. C'est là où ton père m'a récupérée. Demande-lui.

— Ah non les filles vous n'allez pas commencer ! Lisa je te prierai d'être aimable avec Tamara qui n'a certainement pas eu la chance que tu as de vivre dans une famille, d'être choyée et protégée. Tamara essaye d'être patiente avec Lisa, elle n'a pas ton vécu…

Finalement le petit-déjeuner se prit dans un calme relatif, Philippe Mawr ayant confirmé les propos de Tamara. Vexée Lisa ne dit plus rien, ce qui fut reposant. Ensuite chacun partit à ses affaires : Le médecin à son cabinet médical, Lisa au lycée, Ella et Tamara chez le docteur Osmund Phlallala.

Ce dernier ausculta longuement la jeune fille, la trouva trop mince, mais cependant en forme. Il fit aussi une échographie afin de parfaitement mesurer le bébé sous toutes les coutures. Il était dans une forme idéale. Tamara le regarda s'agiter avec émotion, rageant encore une fois de l'absence de Liam. Le médecin déplora qu'elle n'ait pas eu un suivi médical approprié surtout qu'une grossesse à son âge n'était en rien quelque chose d'anodin. Par chance malgré sa faible corpulence elle semblait avoir toute la résistance d'un sous-marin Soviétique, ce qui n'était pas peu dire ! Il lui prescrivit des vitamines et lui conseilla de se reposer. Les dernières semaines seraient éprouvantes car le bébé était déjà bien costaud.

Ensuite Ella lui proposa de la déposer à la maison, elle devait elle-même se rendre au collège où elle était professeur d'histoire. Tamara se retrouva donc toute seule dans le pavillon des Mawr, à la fois soulagée de cette solitude apaisante et gênée d'être là. Elle ne se sentait pas réellement à sa place.

Ella lui avait dit de se préparer à manger et de faire comme chez elle. Sauf que Tamara n'avait jamais eu de chez elle ! Elle n'avait jusqu'à présent connu que dortoirs et cantines. Désorientée, elle regarda autour d'elle, sans trop oser faire quoi que ce soit. Finalement elle parcourut la bibliothèque qui occupait le mur au fond du salon. Des livres d'histoires, des romans, pour la plupart dans sa propre langue s'échelonnaient en ordre incertain sur les étagères. Quelques albums photos attirèrent son attention. Elle hésita, n'était-ce pas indiscret de les feuilleter ? Sans doute mais sa curiosité fut la plus forte. Elle en prit quelques-uns et s'installa confortablement dans le canapé. Elle n'avait jamais vu une telle somme de souvenirs aussi hétéroclites, anodins, qui pourtant offraient une vision nette, globale d'un quart de siècle d'une famille. Fascinée, elle ne remarqua même pas l'heure tourner, admirant aux travers des clichés flous ou mal cadrés toute l'affection et la cohésion de ce foyer. C'était une totale découverte pour elle. Elle s'attendrit sur chaque photo de Liam, les larmes aux yeux de le voir à tous les stades de son enfance. Elle ne savait qui des hormones ou de l'émotivité étaient responsable de tant de pleurs !

Au bout d'un moment des gargouillements la rappelèrent à l'ordre, depuis quelques semaines elle était perpétuellement affamée il lui semblait ne jamais pouvoir combler le gouffre qu'était devenu son estomac ! À vrai dire les deux repas de la prison ne pouvaient aucunement satisfaire ses besoins.

Elle posa l'album et se dirigea vers la cuisine. L'idée de se lancer dans une préparation quelconque, même de simples pâtes à l'eau ne lui effleura pas l'esprit. Elle n'avait jamais approché une casserole ni de près ni de loin, elle ne se lancerait pas ici et aujourd'hui ! Les cours de bonne tenue d'une maison n'étaient dispensés qu'à l'université, elle était donc encore trop jeune pour les avoir suivis. Tant pis, elle ouvrit le réfrigérateur et inventoria son contenu. Des fruits, des légumes, des fromages, un reste de pizza. Elle opta pour la pizza, après un peu d'hésitation : Pouvait-elle se servir de cette façon ? Elle décréta que oui, elle avait bien trop faim !

Parcourant d'un œil désemparé l'ensemble de l'électroménager, elle décida de la manger froide. Ça irait très bien comme ça ! Posant l'assiette sur la table basse, elle préféra ne pas continuer à parcourir les albums photos ne voulant pas encourir un risque de catastrophe comme une trace gluante de sauce tomate par exemple.

Elle remarqua quelques étagères remplit de DVD à côté du poste télévisé à écran plat. Un film voilà qui serait parfait. Elle lut quelques jaquettes puis finalement oublia les blockbusters Hollywoodiens, pour quelque chose de beaucoup plus intéressant : Les films de la famille Mawr.

Elle en prit un au hasard et l'enfila allégrement dans le lecteur. Elle s'installa de son mieux dans le canapé, sa pizza sur les genoux. Avec étonnement et jubilation elle tomba justement sur la cérémonie de la remise des diplômes du BAC de Liam. C'était une cérémonie à l'anglo-saxonne avec costumes impeccables, discours, parents sur leurs 31 et beaucoup de larmes. Liam, si jeune, était là avec son sourire tranquille et sûr de lui, son regard gris encore naïf et son visage dénué de toute cicatrice ou tatouage. Il avait encore une corpulence d'adolescent un peu dégingandé, toutefois ses épaules tendaient déjà solidement la veste de son costume, de plus il dépassait d'une tête tous ses camarades de promotion.

Elle le vit donc recevoir son diplôme, embrasser ses parents, Lisa encore toute petite fille en tresses blondes que lui tirait subrepticement un garçon d'une douzaine d'années, Lowen le deuxième garçon de la famille. Il y eut ensuite le bal de la promo' qui clôturait cette journée, visiblement importante et riche en émotions. Elle vit donc Liam arborant fièrement à son bras une jolie blonde à la longue silhouette élancée de gazelle, gainée dans une stupéfiante robe bleu grise qui n'était pas sans rappeler les yeux de son cavalier. Elle les contempla en train de rire ou danser, tandis qu'une pointe de plus en plus insidieuse de jalousie lui nouait la gorge. Elle reposa son assiette, l'appétit coupé tout en éteignant la télévision. Elle n'avait nul besoin d'en voir plus ! Liam avait dix ans de plus qu'elle, bien évidemment avait-il eu bon nombre de petites amies, néanmoins entre le savoir d'une manière purement intellectuelle et le voir c'était deux choses différentes. Elle n'avait absolument pas besoin de s'infliger un tel pensum.

Elle prit l'assiette et la rangea dans le lave-vaisselle, ceci étant une chose qu'elle pouvait maîtriser dans une cuisine. Elle bâilla tout à coup vaincue par une fatigue qui lui tombait in abrupto sur les épaules.

Elle partit donc s'écrouler sur son lit pour une sieste tardive, mais impérieuse. Elle se pelotonna sous la couette, se sentant tout à coup tellement seule, regrettant le temps où Rocco et Jules lui faisaient un rempart, la réchauffant de leurs amitiés. Au fond de la cellule crasseuse, jamais elle n'avait éprouvé ce sentiment de solitude et d'abandon qu'elle ressentait en cet instant. Elle repoussa les images d'un Liam virevoltant avec son évanescente cavalière, se concentrant sur la représentation de son bébé. Rien d'autre ne comptait. Finalement elle s'endormit enfin.

Chapitre 25

Elle fut tirée du sommeil par le claquement de la porte d'entrée, les voix d'Ella et Lisa qui rentraient et les bruits pas encore familiers d'un foyer. Elle soupira, devrait-elle descendre au risque de se disputer encore une fois avec l'adolescente ? Elle décida que non, préférant se rendormir. Plus tard elle s'éveilla brutalement, comme affolée. La nuit était tombée baignant la chambre dans une obscurité épaisse. Son cœur battait à tout rompre, sans qu'elle sache pourquoi. Elle se redressa, une main sur son ventre guettant elle ne savait trop quoi. Tout à coup elle entendit des voix résonner au rez-de-chaussée. Elle reconnut celle abrupte de Philippe Mawr et... Elle tendit l'oreille n'osant croire ce qu'elle entendait. Sans plus réfléchir elle se jeta hors du lit, pieds nus, les bretelles de sa salopette mal remises, sans que rien ne soit important. Elle ouvrit la porte, dégringolant les marches de l'escalier, à moitié pleurant et trébuchant. Devant la porte d'entrée faisant face à Philippe Mawr, se tenait une haute silhouette en treillis, rangers et casquette noirs.

— Liam... Liam..., parvint-elle à articuler au milieu des larmes qui coulaient sur ses joues trop pâles.

Les deux hommes tournèrent tous deux la tête vers elle, étonnés. Elle croisa le regard gris du militaire, n'eut pas le temps de s'y perdre que déjà elle était dans ses bras. En deux pas il s'était précipité à sa rencontre, oubliant son père, oubliant tout hors la fragile adolescente aux longues mèches brunes emmêlée. Avec une émotion qu'il n'avait jamais éprouvé il la saisit entre ses bras, la retrouvant enfin. Il avait tant rêvé cet instant, tout en ayant si peur qu'il ne survienne jamais. Il l'embrassa avec une sorte de fureur, retrouvant avec une joie presque délirante la douceur de ses lèvres. Il ne pouvait se lasser de l'embrasser, rétrospectivement si effrayé. Il ne cessait de répéter d'une voix rauque :

— Tu vas bien, tu vas bien…

Ce qui la fit rire au milieu de ses larmes de soulagement. Liam était là, debout et bien vivant. Rien d'autre ne comptait. Elle s'accrocha à lui telle un arapède à son rocher, tandis qu'il la serrait contre lui à l'étouffer, songeant que plus jamais il n'ouvrirait les bras, plus jamais il ne courrait le risque de la perdre. Pourtant la voix de son père plus coupante que jamais, leur fit reprendre conscience de la réalité.

— Liam ! Je dois te parler, immédiatement !

L'immense soldat retrouva en une seconde tout son self contrôle, son regard reprit sa teinte froidement métallique bien qu'il serrât toujours Tamara contre lui.

— De quoi ?

Le regard du médecin semblait aussi glacial que celui de son fils. Ils se toisèrent une seconde, puis Philippe Mawr s'exclama d'un ton qui n'admettait aucun appel :

— Je dois te parler, dans mon bureau, tout de suite.

Ella alertée par les éclats de voix, les considéra les uns les autres sans trop comprendre. Habituée toutefois à arrondir les angles, elle fit avec un enjouement qui sonnait faux :

— Allons les filles venez m'aider à préparer le thé. Tamara s'il te plaît…

La jeune fille lança un coup d'œil à Liam, qui hocha doucement la tête, lui renvoyant un sourire étonnamment tendre. À regret elle quitta ses bras pour rejoindre Ella dans la cuisine. Ce fut comme un arrachement. Les deux hommes quant à eux, s'enfermèrent dans le bureau du médecin.

Sous les regards singulièrement indiscrets de Lisa et sa mère, elle entreprit de poser les tasses sur un plateau. Les mains tremblantes d'appréhension : Que se passait-il ici ? Tout à coup avec la force soudaine d'un typhon, elle en eut marre, marre d'obéir, marre de n'être qu'un pion qu'on place au gré d'humeurs qui n'avaient rien à voir avec les siennes. Elle posa si violemment la tasse qu'elle se brisa sans pour autant qu'elle y accorde la moindre attention. Elle laissa là le plateau pour se précipiter vers le bureau. Elle en ouvrit furieusement la porte. Liam et son père, debout, se faisaient face dans une atmosphère polaire. Ils lui dardèrent un semblable regard glacé, bien que seul celui de Liam s'éclairât, s'adoucissant aussitôt qu'il la reconnut.

— Laissez-nous jeune fille, je dois parler à mon fils seul à seul, cingla le médecin tout en la fustigeant d'un coup d'œil impérieux.

Elle releva la tête, soutenant son regard, en proie à une telle colère qu'elle sentait le sang battre à ses tempes.

— Hors de question ! Qui êtes-vous pour me commander ? Pour me regarder de cette façon ? Dites ce que vous avez à dire et rapidement, nous avons aussi à parler Liam et moi, et certainement de choses bien plus importantes !

Elle crut que le médecin allait faire une attaque tant il devint rouge d'indignation ; Jamais personne encore n'avait osé lui parler ainsi !

Liam retint un sourire, alors qu'une lueur amusée dansait un instant dans ses yeux gris. Son père reprit un peu contenance avant de lâcher d'un ton qui ne parvenait pas à masquer son irritation :

— Très bien. Comme tu veux. Liam peux-tu m'expliquer ce qui se passe ? Je croyais que ta relation avec cette... Fille était strictement professionnelle, est-ce le cas ?

— Je ne t'ai rien dit de la sorte, je t'ai juste demandé de m'aider à la sortir de prison. C'est toi et toi seul qui a imaginé je ne sais quoi, rétorqua Liam sans s'énerver.

— Liam ! Cette fille est mineure, elle a l'âge de ta sœur ! Te rends-tu compte ?

— Dis l'homme qui a fait un enfant à sa petite amie de quinze ans..., laissa froidement tomber Liam, tout en attirant doucement Tamara contre lui.

Il la sentit tendue et frissonnante de rage.

— Cela n'a rien à voir ! s'étrangla presque le docteur Mawr

— Ah bon. Il me semblait pourtant que ce genre de leçon de ta part était plutôt mal venue.

— J'étais très jeune moi aussi, toi tu es un homme cela fait toute la différence !

Liam haussa les épaules.

— Je ne vois pas en quoi.

— Si vous croyez que je suis une petite fille, détrompez-vous. S'écria Tamara

— Je ne m'adresse pas à vous ! Surtout après les mensonges stupides que vous m'avez débités.

Tamara se rebiffa :

— Quels mensonges ?

— Que vous étiez une Mère de la Patrie et je ne sais quoi d'autre, tout cela dans le seul et unique but de m'attendrir. J'aurai dû me méfier.

— Elle ne t'a pas menti, c'est bien une Mère.

— Liam cesse de la défendre c'est inutile.

— Arrête plutôt de ne vouloir voir que ton propre côté ! Lorsque j'ai infiltré les Commandos de la Nation, et que j'ai fait ces tatouages pour me fondre dans le groupe, l'équipe d'informaticiens des FIS a hacké la base de données de la Nation. Il fallait bien me créer une identité, sauf que personne n'avait pensé que je serais choisi pour participer au programme des Mères de la Patrie. Je n'ai pas eu d'autre choix : Soit je me pliais soit j'étais démasqué. J'y suis donc allé. Pas très enthousiaste. Je ne sais pas trop ce que j'imaginais trouver, en tout cas certainement pas une adolescente terrifiée !

Philippe Mawr les dévisagea avec stupeur :

— Tu veux dire que... Le bébé... Non c'est impossible ! Les Mères ont des donneurs, et si elle en était bien une, elle a bénéficié des services de l'un d'eux.

— Tu ne veux vraiment croire que ce qui t'arrange. Je suis son donneur. Comprends-tu ?

— M. Mawr je sais combien cela peut vous choquer, mais Liam est bien le père de mon bébé il n'y a aucun doute là-dessus.

Tout à coup une douleur la transperça, telle la lame d'un couteau. Elle s'accrocha à Liam en réprimant un gémissement. Inquiet, il la soutint avec une sollicitude presque touchante.

— Ça ne va pas ?

Elle lui renvoya un faible sourire qui se voulait rassurant :

— Ce n'est rien.

Le médecin soupira d'agacement :

— Il faut qu'elle s'allonge, et qu'elle se repose.

Sans plus ni tergiverser ni se poser de question, Liam la souleva entre ses bras et l'emporta jusqu'au salon, ému de la sentir si légère, presque fragile. Il la posa précautionneusement dans le canapé, non sans remarquer avec un demi-sourire railleur qui démentait ses paroles :

— Eh bien le séjour en prison t'a réussi, encore un peu et je ne peux plus te porter !

Elle leva les yeux au ciel en secouant la tête :

— Ricane, vas-y, mais le jour où les hommes seront enceints je serais aux premières loges à rigoler. Crois-moi !

Ella et Lisa posaient le plateau du thé sur la table, l'air tout à la fois inquiet et curieux. Elles ne dirent cependant rien. Philippe Mawr tendit un comprimé d'antispasmodique à Tamara. Totalement déstabilisé, il ne savait plus que penser. Liam et sa jeune compagne semblaient tous deux si naturellement complices, si irrésistiblement portés l'un vers l'autre. Il connaissait cette sensation, comment pouvait-il reprocher ses sentiments à son fils ? Il soupira et se laissa tomber dans un fauteuil, plus qu'il ne s'assit. Étrangement dépassé par la situation.

Chapitre 26

Liam avait pris place dans le canapé, la tête de Tamara reposant sur ses genoux, ses longs cheveux aux nuances châtain doré s'étalant sur ses jambes. Dans un geste tellement naturel, il avait glissé l'une de ses larges mains sous le tee-shirt de la jeune fille en une caresse douce qui semblait l'apaiser. Elle ferma les yeux, se détendant peu à peu. Liam était là rien d'autre ne comptait…

Les contractions s'espacèrent, son ventre retrouva sa souplesse tandis que le bébé se mettait joyeusement à faire des pirouettes sous la main de son père. Liam était subjugué par la force et la vitalité de cette vie qui s'ébrouait en bosselant le ventre de Tamara. Elle ouvrit les yeux, croisant son regard à la fois troublé et infiniment heureux. Il lui sourit doucement. En cet instant même ses effroyables tatouages ne semblaient plus si effrayants ou monstrueux, il était presque redevenu cet adolescent insouciant qu'elle avait contemplé sur la vidéo. Tout à coup ils en avaient oublié où ils étaient, perdus dans leurs retrouvailles.

Lisa posa une tasse de café sur la table, devant son frère, tout en lançant un long regard assassin à Tamara, avant de laisser fielleusement tomber :

— Eh bien j'avais raison.

Tamara fronça les sourcils et se redressa d'un bond, comme mordue par une vipère. Elle répliqua dans son meilleur Mooralandien :

— Du tout ! Tu n'as strictement rien compris ! Tu ne fais que juger rien de plus.

— Et toi tu n'es qu'une garce qui croit qu'elle aura plus facilement un passeport en couchant avec un FIS !

Tamara devint blême, mais Liam la retint d'une main alors qu'elle s'apprêtait à sauter au sens propre à la gorge de Lisa.

— Arrête ! Ça n'en vaut pas la peine.

Tandis qu'Ella levait les yeux au ciel en s'exclamant :

— Lisa ça suffit !

Il croisa le regard excédé de sa mère, et retint un sourire :

— Elles sont toujours comme ça ?

— Oh oui, pire que chien et chat.

Il sentit Tamara se figer. Elle le repoussa pour se mettre debout, tout en soutenant son ventre à nouveau dur comme une pierre. Ses yeux verts étincelaient de rage. Elle les regarda tous à tour de rôle, les mâchoires crispées avant de lâcher :

— Que croyez-vous ? Que j'ai eu le loisir de choisir d'être une Mère ? En aucun cas ! Vous me jugez du haut de votre bonne conscience, mais qu'éprouveriez-vous tous si du jour au lendemain des gardes emmenaient Lisa afin qu'elle devienne une génitrice ? Tout ce que je voulais c'est être architecte, j'étais major de toutes mes promotions, j'avais réussi le concours d'entrée pour l'université pourtant un jour je me suis retrouvée avec une puce électronique qui enregistrait toutes mes constantes à attendre, seule dans une chambre un homme, un inconnu, qui viendrait me faire un gosse.

Ella se décomposa tandis que Lisa s'exclamait :

— Il y a toujours un moyen d'échapper à une situation, tu n'avais qu'à t'enfuir franchement !

— C'est certain toi tu es une spécialiste... Le plus difficile que tu aies eu à affronter c'est le choix de tes vêtements, alors c'est clair tu peux dispenser des leçons. Oui j'ai essayé de m'enfuir, mais la police m'a vite retrouvée et ramenée. Ensuite les manoirs ont leur propre service de sécurité... Alors... J'ai tenté autre chose...

Sa voix se brisa sur les derniers mots tandis que Liam se mettait debout et l'attirait contre lui, tout en poursuivant d'un ton rauque :

— Lorsqu'elle m'a vu elle s'est coupé les veines... Remarquez on ne peut pas lui donner tort !

Tamara lui renvoya un sourire un peu tremblant tandis qu'il lui prenait doucement la main. Le reste de la famille Mawr, trop choqué et ébahi pour dire quoi que ce soit, les considérait les yeux ronds.

Son regard brusquement attiré par quelque chose qu'il n'avait pas encore remarqué. Il fit pivoter le poignet de Tamara afin de dévoiler son avant-bras, trop mince, où s'étirait un tatouage. Pas n'importe quel tatouage puisque calligraphié en magnifiques rondes et volutes, son propre prénom souligné par le signe de l'infini tout en arabesques, était encré pour toujours dans la peau diaphane de l'adolescente. Une émotion étrange lui serra la gorge tandis que retirant son bras elle faisait à mi-voix :

— Un souvenir de prison lorsque je craignais de ne plus te revoir...

Sans un mot il la serra contre lui, tout en murmurant dans sa langue à elle :

— Je ne te laisserai plus.

— Tu n'es pas responsable de ce qui est arrivé, tu as fait ce que tu as pu.

Lorsque tout à coup Lisa les interrompit d'une voix acerbe :

— Quelle idiotie vraiment de se faire tatouer n'importe comment, tu n'as pas entendu parler des virus ? Mais en plus un prénom ! C'est ridicule franchement. Si demain mon frère te laisse tomber tu vas continuer à te pavaner avec son prénom sur ton bras !

— En prison j'ai rencontré une bienveillance et une tolérance qui te font grandement défaut. Pour ce qui est de mon tatouage déjà cela ne te regarde pas, toutefois si tu veux savoir il ne représente pas seulement mes sentiments vis-à-vis de Liam, mais il souligne le fait que quoi qu'il arrive Liam restera le père de mon enfant, pour cette seule raison il sera à jamais dans mon cœur, alors porter son nom sur ma peau n'est pas l'aberration que tu crois.

Lisa la dévisagea la bouche ouverte, totalement décomposée. Sans doute ne venait-elle qu'à l'instant de comprendre que son frère était le père du bébé de Tamara. Cette dernière prit une légère inspiration avant d'ajouter :

— Maintenant je suis éreintée d'avoir à me justifier devant vous, je suis fatiguée et j'ai trop mal au ventre. Alors continuez sans moi.

Elle fit mine de partir vers l'escalier, mais se ravisa pour ajouter avec amertume :

— Pendant tous ces derniers mois j'ai rêvé de ce moment où nous nous retrouverions avec Liam, j'ai rêvé de ce que je lui dirai et de ce qu'il me répondrait cependant vous avez réussi à gâcher ça. J'ai trouvé plus de compréhension chez un sociopathe et un violeur en série que chez vous ! Alors bien le bonsoir !

Elle tourna les talons et grimpa à l'étage, sans plus se préoccuper des Mawr. On l'entendit claquer la porte de sa chambre cependant que Liam toisait sa famille avec colère :

— Elle a raison, vous le savez. Vous m'en voulez d'avoir accepté de m'engager dans les Forces Spéciales, d'avoir cédé à la pression, mais votre ressentiment n'a pas lieu de retomber sur Tamara. Elle ne le mérite pas. Devenir un Loup nous a permis à tous de rester ici, dans ce pays. Vous auriez préféré qu'on soit expulsé ? Que serait-il advenu de Lisa ? Même si cela ne vous plaît pas vous savez qu'il n'y avait aucune autre option. Alors j'espère que vous réfléchirez et que demain vous saurez trouver les mots qu'il faut pour que les choses repartent sur de bonnes bases. Et toi Lisa j'espère que tu cesseras de te conduire en petite fille gâtée, c'est indigne de toi.

Il les dévisagea une seconde sans rien ajouter, puis il monta l'escalier retrouver Tamara, les laissant planter là. Hébétés, irrités et peut-être un brin honteux.

Chapitre 27

Il poussa la porte. La chambre était plongée dans l'obscurité. Il distingua cependant la silhouette de la jeune fille qui se découpait dans la nuit. Ses yeux brillaient dans le noir. Pleurait-elle ? Un pas et il fut près d'elle. La prenant dans ses bras, il l'embrassa sans qu'aucun mot ne soit nécessaire. Il l'embrassa avec tout l'amour qu'il n'avait pu lui donner, il l'embrassa avec toute la douceur et l'allégresse qu'il avait de la tenir à nouveau entre ses bras, il l'embrassa avec toute la fougue qu'il contenait depuis trop longtemps, il l'embrassa avec tout le bonheur qu'il éprouvait de sentir son cœur battre au même rythme que le sien.

Enfin ils purent avoir ces retrouvailles dont ils avaient tant rêvé.

Blottie contre lui, dans la chaleur de ses bras elle l'écouta narrer toutes les péripéties auxquelles il s'était heurté pour la sortir du centre, sans qu'aucune solution ne puisse aboutir. La rage impuissante qu'il avait éprouvée alors qu'on lui refusait même le droit de la voir. Dix fois, cent fois, il s'était rendu à la prison, mais même son statut d'officier n'avait pas suffi à ébranler la logique administrative. Il n'osait songer à ce qu'elle endurait ainsi incarcérée et cela le rendait fou. Finalement c'est après un rendez-vous avec le directeur du pénitencier lui-même, qu'il avait entre aperçu une issue : Il n'avait qu'à l'acheter au sens propre du terme. Il avait revendu sa Harley-Davidson, un modèle de collection des années soixante, puis comme il était appelé brusquement en mission il avait demandé à son père d'assurer le reste. Il n'avait commencé à respirer que lorsque son père lui avait envoyé un SMS lui disant qu'elle dormait dans sa voiture. C'est seulement à ce moment-là qu'il avait pu se concentrer vraiment sur autre chose, en l'occurrence sur sa mission qui requérait toute son attention. Il était venu aussitôt qu'il avait pu.

De son côté elle passa sous silence l'aspect plus que négatif de son séjour sous la tutelle des services administratifs du Mooraland, afin de s'axer sur le positif de son épopée. Il était inutile que Liam se culpabilise plus qu'il ne le faisait déjà ! Elle lui raconta donc en riant les rencontres improbables qu'elle avait faites en prison. M. Denicet, cannibale non repenti, qui lui avait enseigné le Mooralandien avec une rigueur draconienne, la protection rapprochée des deux portes flingues Marseillais, ce qui ne manqua pas de faire tiquer Liam. Imaginer qu'elle avait dormi plus de trois mois blottie entre d'autres hommes, lui laissa un bizarre arrière-goût dans la gorge. Il fit une drôle de tête, ce qu'elle ne manqua pas de remarquer.

— Eh bien quoi ?

Il ravala son amertume, ou du moins tenta de le faire.

— Rien, il n'y a rien.

Elle se redressa afin de le considérer plus attentivement, sans de prime abord saisir ce qui le chiffonnait. Tout à coup elle comprit sur quoi il avait buté. Elle le dévisagea avec incrédulité :

— Bah ne me dis pas que tu es jaloux ?

Il planta son regard froid dans le sien, tout en faisant avec une pointe d'agacement :

— Que crois-tu ? Bien évidemment que je suis jaloux !

Désarçonnée, elle murmura avec perplexité :

— Il n'y a pas de quoi vraiment...

Elle ajouta un ton plus bas, en rougissant sans pouvoir s'en empêcher :

— Et puis tu te doutes bien que je suis bien trop amoureuse de toi pour pouvoir ne serait-ce que regarder un autre... Non ?

Sans un mot il la prit entre ses bras, si bouleversé qu'il ne put que la serrer contre lui, tandis que son cœur battait à tout rompre. Elle était le merveilleux que certain attende toute une vie et ne trouve pas, lui avait cette chance inouïe de la tenir dans ses bras. Il l'embrassa avec une euphorie presque délirante, sans plus se préoccuper du passé, oubliant Rocco, Jules et les autres il préféra s'immerger avec elle corps et âme dans le présent. Ses mains redessinant ses courbes doucement rondies, rien d'autre n'existait plus...

Le lendemain après une nuit des moins reposantes bien que des plus agréables, ce qui ne pouvait échapper à personne au vu des cernes de Tamara et de leurs sourires allègres voire un peu béats à tous deux. Ils descendirent après une douche rapide, attirés par l'odeur chaudement alléchante qui provenait de la cuisine.

Ella finissait de faire cuire une montagne de pancakes merveilleusement dorés, qui répandaient cet arôme délicieux dans toute la maison. Elle leur envoya un sourire chaleureux, tandis que Liam s'approchait d'elle joyeusement. Prétextant de l'embrasser hâtivement sur la tempe, il en profita afin de voler allègrement un pancake. Elle lui fit les gros yeux tout en brandissant sa spatule en une fausse menace, alors qu'elle le contemplait avec une absolue bienveillante indulgence comme s'il était encore ce bébé potelé et rieur. Peut-être le voyait-elle toujours ainsi ?

— Oh Liam, vraiment…, s'exclama-t-elle tout en lui souriant.

Il lui retourna un sourire facétieux avant de se pencher vers Tamara pour lui tendre la moitié de son butin.

— Tiens goûte, c'est chaud attention.

Elle attrapa le pancake entre les doigts, se brûla avant d'en manger une bouchée ; C'était incroyablement bon ! Elle laissa échapper un murmure de stupéfaction, tandis que Liam qui finissait déjà d'engloutir son morceau hochait la tête en signe d'appréciation enthousiaste et ravie.

— Si vous mettiez plutôt la table les enfants ? les sermonna Ella avec une fausse sévérité, tandis qu'elle posait une ultime fournée de pâtisserie odorante sur le plat.

Liam attrapa une pile d'assiettes dans des placards trop hauts pour Tamara, qui l'aida ensuite à les disposer sur la table de la salle à manger. En quelques minutes la table était mise. Ella posa le plat débordant de pancakes tout en appelant Lisa qui n'était pas encore descendue. Elle bougonna après les filles qui passent des heures dans la salle de bains, Liam lui demanda si elle voulait qu'il aille la chercher toutefois elle refusa afin de laisser une dernière chance à la retardataire. Tout cela se déroulant dans une ambiance calme, sereine, issue d'une connivence profonde. Tamara les regarda en spectateur, un brin effarée : ainsi c'était donc ça une famille ?

Liam remarqua sa perplexité :

— Ça ne va pas ?

— Euh, si tout va bien… C'est juste que…

— Ça te change beaucoup de l'École ou de tout ce que tu as pu connaître auparavant n'est-ce pas ? Fit Ella avec une grande douceur, avant de s'adresser à son fils. Tu sais elle n'a jamais connu ce qui te semble une évidence, les liens familiaux et la proximité indéfectible avec d'autres personnes. Cela doit lui sembler assez déroutant. Ai-je raison Tamara ?

L'adolescente rougit légèrement tout en jetant un coup d'œil à Liam :

— C'est vrai, c'est assez bizarre et en même temps je comprends à présent lorsque tu disais qu'il n'y a rien de plus important qu'une famille…

Elle hésita une seconde avant d'ajouter un ton plus bas, tout en passant machinalement sa main sur son ventre tout rond :

— J'ai juste peur de ne pas être à la hauteur…

Avec une grande tendresse il l'attira contre lui, tout en rétorquant :

— Ne t'inquiète pas, tu seras parfaite, et puis tu n'es pas seule que je sache !

Elle soupira, heureuse, soulagée, rassurée de sentir la force de ses bras, et au-delà toute sa stabilité mentale. Elle pressa sa joue contre son torse, sentant la rugosité de son uniforme sur sa peau, sachant avec une certitude absolue qu'elle pourrait toujours s'appuyer sur lui au sens propre comme au figuré. C'était un sentiment si réconfortant qu'elle sentit les larmes lui monter aux yeux, comme cela devenait une pénible habitude depuis quelques mois. Elle essaya d'endiguer son flot d'émotion bien que cela soit peine perdue. Il lui releva la tête afin de l'embrasser très doucement, remarquant du même coup son trouble. Il la dévisagea avec un air si désemparé qu'il lui rappela soudainement Rocco, ce qui la fit tout aussi brusquement éclater de rire. Liam la fixa sans rien y comprendre, mais Ella lui lança en souriant :

— Ne t'en fais pas, ce sont les hormones ! Lorsque je t'attendais j'étais pareillement partagée en permanence entre le rire et les larmes. Ça va lui passer.

À ce moment-là Lisa dégringola l'escalier, étonnamment souriante et de bonne humeur. Elle s'avança vers Tamara qui se mit immédiatement sur la défensive. Cependant Lisa s'approcha d'elle avec un certain embarras tout en lui tendant gauchement une besace en toile :

— Je t'ai préparé un sac avec un cahier, des stylos enfin quelques trucs utiles pour ton premier jour de lycée. C'est ta vieille besace Liam, ça ne te dérange pas hein ? En attendant qu'on lui trouve autre chose... Oh oui j'ai cherché aussi un pull moins moche que celui que tu as, parce que franchement ça ne le fait pas du tout ! Alors j'ai fouillé dans mes affaires et j'ai trouvé celui-ci, j'espère qu'il va t'aller, qu'il ne sera ni trop grand d'un côté ni trop petit de l'autre...

Elle lui glissa dans la main un pull en fine laine blanche sur lequel était inscrit en grosses lettres rose vif un « Don't care » souligné d'un semis de fleurettes. Tamara retourna un regard stupéfait à Lisa, tout interloquée par l'intention.

Ella sembla toute autant abasourdie mais n'en dit rien. Elle se contenta de leur demander de s'asseoir et de manger, car l'heure tournait.

— Quelle chance maman, tu as fait des pancakes, en quel honneur ? remarqua Lisa avec son nouvel enjouement matinal.

Tandis que tout le monde se servait avec grand plaisir, Ella répondit :

— Ton frère n'est pas là si souvent et puis c'est le premier jour d'école pour Tamara j'ai donc pensé qu'il fallait marquer le coup.

— Oh, tu as raison ! s'exclama sa fille, avant de faire à Tamara :

— Le jour de la rentrée maman nous fait toujours un super p'tit dej' avec des pancakes, c'est comme une tradition tu vois.

Tamara hocha la tête, tout en balbutiant un merci à Ella, se disant que décidément la nuit avait incroyablement porté conseil à toute cette famille ! Elle n'en espérait pas tant ! Tandis qu'elle goûtait avec délices aux pâtisseries, Liam lança un regard reconnaissant à sa mère et décocha un clin d'œil complice à sa petite sœur. Elles faisaient des efforts et c'était vraiment louable de leurs parts. Tout le monde apprécia donc le petit-déjeuner dans une ambiance réellement amicale et chaleureuse.

Alors que les autres continuaient à manger, Tamara repoussa son assiette et entreprit d'essayer le pull de Lisa puis de farfouiller dans la besace. Elle était étonnamment contente de retourner en cours, comme si sa vie retrouvait un peu de stabilité dans sa folie.

— Tu veux encore d'autres pancakes ? fit Liam

— Non merci, j'en ai mangé trois, je déborde !

Il secoua la tête :

— Tu n'en as mangé que trois ? Prends-en d'autres voyons !

Elle éclata de rire tout en secouant la tête :

— Liam tu as vu mon gabarit ? Donc trois, crois-moi, c'est plus que suffisant, et puis tu t'imagines que j'ai la place d'avoir un estomac surdimensionné en plus de ce bébé ogre ?

Il leva un sourcil puis réprima un demi-sourire même si un éclat joyeux traversa ses yeux gris :

— Tu n'as peut-être pas tort...

Elle haussa les épaules tout en retournant les manches du pull qui lui tombaient un brin trop longues.

— Eh regarde ça me va nickel !

Il la contempla d'un œil un peu mitigé et railleur :

— J'espère juste que le « don't care » ne va pas trop te contaminer, sinon en effet tu parviens miraculeusement à te caser dedans...

— T'es idiot..., bougonna Tamara sans s'en faire plus que ça.

Elle releva toutefois la tête, repoussant ses longs cheveux qu'elle avait pour une fois admirablement brossés et démêlés. Soudain son regard accrocha ses insignes, l'écusson à la tête de loup. Elle cilla, se troubla ce qu'elle tenta de cacher en plongeant le nez dans les cahiers que Lisa lui avait préparés. Cela n'échappa pourtant pas à Liam. Lui saisissant les papiers des mains il les posa sur la table tout en lui soulevant le menton d'une main ferme :

— Qu'est-ce qu'il y a ?

Scrutée par son regard gris, elle perdit pied et balbutia :

— Rien... J'ai du mal à m'habituer à te voir avec cet uniforme...

Son regard perdit de sa dureté tandis qu'un éclair de soulagement le transperçait :

— Que je sois un Commando ou un Loup ça ne change rien de qui je suis.

— Je sais Liam, c'est juste que j'ai vu tant de reportages et de vidéos sur, je cite : « les atrocités des Forces d'Interventions du Mooraland » que j'ai du mal à croire que tu en sois un...

— Je comprends, mais les Commandos ne sont pas plus des enfants de chœur que les Loups, crois-moi sur parole...

— Je sais, je me doute sauf...

— Sauf ? Sauf que les Loups sont les « méchants » c'est ça ?

Elle baissa la tête, essayant de se soustraire à son regard, tout en acquiesçant d'une voix presque inaudible. Lui englobant le visage de ses deux mains, il darda son regard métallique dans le sien tendrement vert d'eau :

— Crois-tu encore réellement qu'il y ait des méchants et des gentils ? Que la Nation soit l'axe du Bien et les autres celui du Mal ? Ne penses-tu pas qu'il n'y a, au milieu d'intérêts financiers qui nous dépassent, uniquement que des individus qui tentent de survivre ?

— Je comprends Liam… Enfin j'essaye…

— Laisse-lui du temps Liam, intervint Ella de sa voix douce. Il y a beaucoup de choses auxquels elle doit s'accoutumer d'un coup. Ce n'est pas évident tu sais.

— C'est vrai, tu as raison m'an. Bon en parlant de temps, il va être l'heure d'y aller les filles, fit-il en jetant un rapide coup d'œil à sa montre, tout en ajoutant :

— Je vais les accompagner.

Chapitre 28

Quelques minutes plus tard les deux adolescentes se retrouvaient dans le véhicule de service de Liam, un Land Rover Defender noir aux vitres teintées. En prenant place à côté de lui Tamara ne put cependant pas oublier la dernière fois où elle était montée dans un semblable 4X4. Ce n'était pas un souvenir des plus plaisants, elle le repoussa, se forçant à se concentrer sur le profil de Liam. C'était bien lui et pas un autre qui était ici, maintenant.

Après une toute petite dizaine de minutes de trajet, il stoppa devant un grand bâtiment devant lequel se pressaient déjà bon nombre d'adolescents. Lisa sauta sur le trottoir tandis qu'il ouvrait obligeamment la portière à Tamara qui se mouvait avec l'élégance d'un mini-baleineau. Elle passa la besace en bandoulière, tout en se rapprochant de lui. D'une main il repoussa l'une de ses mèches vagabondes, lui dégageant son visage, murmurant pour elle seule :

— Je dois y aller, ça va bien se passer.

Elle mêla ses doigts aux siens tout en lui renvoyant un sourire assuré :

— C'est certain ! L'école c'est mon élément.

Un ton plus bas elle ajouta :

— Quand vas-tu revenir ?

Il se raidit une fraction de seconde, avant de lâcher à mi-voix :

— Je dois rejoindre mon groupe, nous partons dès ce soir en opération.

Un éclair paniqué traversa ses yeux clairs, cependant elle serra courageusement les dents, refusant de céder à l'affolement. Doucement il la prit entre ses bras, sentant son corps à la fois frêle et étrangement arrondi se fondre contre le sien. Il respira l'arôme délicat de sa nuque, la serrant plus fort tandis qu'elle se blottissait un peu plus dans ses bras. Elle leva la tête, rejetant ses cheveux en arrière, tout en chuchotant :

— Embrasse-moi, embrasse-moi comme si tu étais éperdument amoureux de moi…

Il lui décocha un sourire, un vrai sourire qui dévoila toutes ses dents alors qu'il répondait :

— Ça, ça ne va pas être trop difficile !

Il l'embrassa alors avec une douceur toute particulière, tout soudain plus rien d'autre n'avait d'importance. Le monde aurait pu disparaître qu'ils l'auraient ignoré. Ils durent pourtant reprendre conscience de la réalité. Avec déchirement elle rejoignit Lisa, faisant des efforts désespérés pour ne pas pleurer et continuer à lui renvoyer un sourire tremblotant. Lisa l'attrapa par un bras, l'emmenant dans la cohue des autres élèves, tandis qu'il la suivait encore du regard, ne pouvant se résoudre à démarrer le Defender, et partir.

Alors qu'elles entraient dans le grand hall du lycée, là où les élèves se dispersaient vers leurs diverses salles, Lisa fouilla dans son sac et se frappa la tête.

— Et zut, j'ai oublié mon bouquin de math dans la voiture de Liam. Attends-moi là avec mon sac, je reviens tout de suite.

Elle laissa Tamara plantée au milieu de la marée d'élèves tandis qu'elle rebroussait chemin en courant. Par chance le Defender était toujours là, comme elle l'avait espéré.

En l'apercevant, Liam baissa la vitre côté passager tout en lui lançant d'un ton goguenard :

— Tu n'aurais pas oublié quelque chose par hasard ?

— Si, mon bouquin de…

Elle n'acheva pas sa phrase, car il agitait déjà son livre devant elle.

— Super, tu l'as trouvé, s'enthousiasma-t-elle tout en tendant la main. Il ne lui donna cependant pas. Son regard prenant une brutale teinte métallique, il fit froidement :

— Qu'est-ce que tu veux Lisa ? Tu crois que je ne connais pas les plus ultimes de tes ruses ?

Elle pinça les lèvres, tout en lui renvoyant une grimace :

— C'est bon, OK je voulais juste te demander un truc…

— Eh bien vas-y, mais dépêche-toi je n'ai pas toute la journée.

Elle recoiffa sa frange pourtant impeccable, avant de se lancer tout à trac :

— Je voudrais juste savoir ce que tu ressens pour Tamara, si tu es vraiment amoureux d'elle.

Il se figea, tandis que ses yeux devenaient un peu plus froids encore :

— Qu'est-ce que cela peut te faire ?

— Est-ce que tu fais tout ça uniquement à cause du bébé ?

Il sursauta, dévisageant sa sœur avec effarement. L'idée ne lui ayant même pas traversé l'esprit !

— Mais non ! Je crois que tu ne comprends pas...

— Explique-moi alors ! Parce que là je suis perdue. Du jour au lendemain papa nous ramène une gamine sortie du nulle part, enceinte jusqu'aux yeux et qui s'avère être ta p'tite amie. Franchement c'est n'importe quoi ! Elle est à l'opposé de toutes les copines que tu as eues, elle est... Trop bizarre !

Il hocha la tête tout en faisant d'un ton soudain radouci :

— C'est certain que tu dois trouver ça étrange, mais cela n'a rien à voir avec ce bébé. Lorsque je suis venue la faire s'évader j'ignorais même complètement qu'elle était enceinte ! Elle n'avait pas voulu me le dire.

— Mais pourquoi ?

— Tu vas apprendre à la connaître et vite prendre toute la mesure de sa force de caractère. Elle ne voulait pas me faire porter ce poids si jamais j'échouais à la faire sortir du Manoir. Sur le coup j'étais furieux, ce n'est qu'ensuite que j'ai mesuré son courage et son abnégation.

Il hésita une seconde avant de poursuivre :

— Je crois en fait que j'ai eu le coup de foudre pour elle à la minute où je l'ai vue. Ses yeux verts, magnifiques, la force de sa résolution, sa téméraire naïveté... Je ne sais pas... Tu veux savoir si je suis amoureux d'elle, en fait non, c'est au-delà de ça. J'ai déjà été amoureux de quelques filles, mais là je n'ai jamais rien éprouvé de tel auparavant. Je ne peux pas t'expliquer j'ai déjà du mal à comprendre moi-même. C'est tellement fort que souvent j'ai même dû mal à respirer à côté d'elle, pourtant tout ce que je sais, c'est que lorsqu'elle est là le soleil brille plus fort, le ciel est plus bleu, l'air plus léger et je deviens meilleur.

Sa sœur le dévisagea, bouche bée.

— Sans déconner !

Il haussa les épaules :

— C'est bon je peux aller bosser, j'ai suffisamment répondu à tes questions ?

Elle prit le livre qu'il lui tendait, plus perplexe encore de sa réponse qu'auparavant. Elle retrouva Tamara qui s'était tranquillement installée sur une marche d'escalier et parcourait ses livres. Elle redressa la tête en voyant Lisa s'approcher.

— Nous avons cours de hum, langue en salle 212. J'ai lu ton planning, ça ne te fait rien j'espère ?

— Oh, oui... Non, aucune importance. Désolée, j'ai mis un temps fou à retrouver mon bouquin de maths qui avait roulé sous la banquette et...

Tamara se releva avec une étonnante souplesse vu sa circonférence, tout en rangeant les livres dans sa besace. Elle renvoya un sourire lumineux à Lisa tout en disant :

— Tu sais si tu veux parler à Liam, c'est ton frère tu n'as pas à t'excuser pour ça.

La grande adolescente en resta stupéfaite. Elle ne put que balbutier quelques onomatopées tandis que Tamara poursuivait d'un ton tranquille quoiqu'un brin amusé :

— Nous avons cours, on y va ?

Elles arrivèrent à l'instant où le professeur commençait l'appel matinal. Elles se glissèrent le plus subrepticement possible à une table libre proche de la porte, mais c'était peine perdue bien évidemment :

— Miss Mawr, toujours en retard sur le fil du rasoir et vous avez même une comparse à présent ! Vous êtes la nouvelle je suppose ?

Tamara se mit aussitôt debout dans un presque garde à vous comme c'était la norme lorsqu'on s'adressait à un professeur.

— Oui Madame, je suis Tamara Haul, c'est un peu de ma faute si nous sommes en retard...

La prof', quinquagénaire aux cheveux soigneusement tirés et aux lunettes demi-lune, leva un sourcil vers elle :

— Il est inutile de vous lever pour parler ma p'tite et tout aussi inutile de tenter de couvrir votre condisciple, c'est une retardataire pathologique. Vous nous venez de la Nation n'est-ce pas ? Vous semblez toutefois bien maîtriser notre langue. Vous allez préparer une présentation pour demain que vous nous lirez en cours, cela sera instructif pour tout le monde et permettra de mieux vous connaître. Inutile que cela soit très long, deux mille ou trois mille mots seront suffisant. Bien passons à notre leçon à présent.

Tamara se rassit et prit note du devoir à faire, tandis que Lisa lui décochait un coup d'œil horrifié :

— Deux mille ou trois mille mots, quel chameau franchement !

Tamara haussa les épaules sans paraître s'en faire : elle était bien trop satisfaite de retourner à un semblant de vie normale pour se plaindre de quoi que ce soit !

Finalement les cours furent plutôt intéressants. Tamara eut moins de difficulté à les suivre qu'elle l'avait craint : M. Denicet lui avait impeccablement enseigné le Mooralandien. À la pause de la matinée elle en profita pour se poser dans un coin de la cour et écrire une longue lettre à M. Marius afin de lui relater tout ce qui s'était passé ces derniers jours. Malgré ce que lui avait demandé Rocco, il lui était impossible de les oublier, ni les uns ni les autres. Cela lui fit du bien de leur écrire, elle eut pendant quelques minutes l'impression d'être à nouveau entourée par leur chaude amitié.

Les cours reprirent jusqu'à la pause de midi où les élèves pouvaient déjeuner à la cantine. Lisa et Tamara s'y rendirent ensemble, bien qu'elles n'aient que fort peu parlé durant la matinée. Tamara laissa Lisa discuter avec un groupe de ses amies, préférant se servir et s'asseoir immédiatement. Elle était fatiguée et en avait un peu assez des regards curieux voire scrutateurs qui la suivaient en permanence. Une fois installée à une table à l'écart, elle sortit une feuille commençant à jeter quelques idées en prévision du devoir qu'elle devait présenter le lendemain. Elle mangeait parcimonieusement, se détendant après cette matinée, s'efforçant de ne pas penser à Liam ni quand il reviendrait.

Tout à coup trois ou quatre filles s'installèrent à sa table sans se gêner. L'une d'elles l'apostropha :

— Alors c'est toi la nouvelle ?

Tamara releva la tête, tout en rejetant d'un geste machinal ses longs cheveux en arrière. L'adolescente devait être un peu plus âgée qu'elle. Elle était impeccablement maquillée. Elle exhibait des ongles incroyablement longs, manucurés et couverts d'un vernis bleu turquoise.

Tamara se retint de rire en l'imaginant dans une École de la Nation, mais se contint néanmoins. Elle se contenta de hocher la tête tout en faisant mine de continuer à écrire. L'autre fit alors à mi-voix, comme sur le ton de la confidence :

— C'est toi que j'ai vu ce matin rouler un patin terrible à un immense Loup ?

Pour le coup Tamara faillit éclater de rire.

— Je suppose que oui…

L'autre fronça ses sourcils irréprochablement épilés :

— C'est toi ou pas ?

— Mon…

Tamara hésita une seconde, comment qualifier sa relation avec Liam ? Qu'était-il : Son compagnon, non ils n'avaient jamais vécu ensemble, son boy friend ? Cela fleurait le flirt et pas grand-chose de plus…

Elle reprit :

— Liam est en effet officier des FIS, si c'est ce que tu voulais savoir.

— Hum, ce Liam c'est ton mec ?

— On peut dire ça comme ça…

— Mais t'as quel âge ?! Franchement sortir avec un gars pareil t'es bien trop jeune ma chérie ! Ta mère ne te l'a pas dit ?

— Déjà je n'ai pas de mère, pour le reste cela ne te regarde absolument pas.

— Qu'est-ce qu'un mec peut te trouver franchement ? Tu es grosse et... tu t'es regardée dans un miroir ? Non parce que vraiment la salopette, passé douze ans, c'est too much !

Tamara s'évertua au calme avant de répliquer, songeant que les adolescentes de ce pays étaient particulièrement désagréables !

— Déjà je ne suis pas grosse, je suis même plutôt dans la catégorie maigrichonne, sauf que je suis enceinte de sept mois ce qui change la silhouette même des filiformes. La salopette découle donc du phénomène.

Les quatre filles la dévisagèrent avec stupeur et incrédulité :

— Tu te fous de nous...

Tout à coup une grande et longue silhouette blonde posa son plateau sur la table en poussa du même coup l'une des filles :

— Elle vous dit la vérité, et maintenant Clotilde dégage, tu es du deuxième service de cantine, tu n'as rien à faire là.

— Lisa, tu la connais ?

Lisa haussa une épaule désinvolte tout en lançant un regard hautain à la dite Clotilde :

— Bien obligée, c'est la copine de mon frère, maintenant va voir ailleurs ou j'appelle un surveillant.

— Ton frère est un Loup ? Tu ne nous l'avais jamais dit ?

— Parce que je ne te parle pas voilà tout ! Maintenant casse-toi !

Comme un surveillant commençait à s'avancer vers leur table, les filles jugèrent préférable de battre en retraite, laissant Lisa et Tamara en tête à tête.

— Merci c'était sympa d'être intervenue, ces filles sont des pestes.

— Tu t'en serais très bien débrouillée toute seule mais être une p'tite nouvelle le premier jour c'est pénible, je pouvais bien t'aider.

Tamara grignota un bout de pain, avant de dire :

— Pourquoi es-tu tout à coup si sympa avec moi ?

Lisa soupira, picora dans son assiette avant de faire :

— Tu n'es pas sans l'ignorer, mais mon frère t'aime alors je ne peux pas faire moins que d'essayer au moins de comprendre pourquoi. Ses précédentes copines étaient très différentes de toi, mais elles avaient toutes un quelque chose en commun. Toi t'es un OVNI.

Voyant Tamara se rembrunir sous le qualificatif, elle précisa :

— Ce n'est pas péjoratif, c'est seulement ce qui en est : Tu es quelqu'un d'extrêmement différent. Pourquoi étais-tu en prison au fait ? Cela semble normal pour mon père et Liam de t'avoir trouvée là-bas, mais les gens qu'on met ainsi à l'écart de la société ce n'est pas pour rien. Alors qu'as-tu fait ?

Tamara soupira tout en essayant de trouver une place confortable sur la chaise. Son dos la tirait de plus en plus. Enfin elle répondit en s'efforçant de conserver un ton uni :

— Lisa tu as une vision trop manichéenne de la vie, rassure-toi j'étais comme toi il y a encore peu de temps, la réalité est autrement... Hélas. Si on m'a mise en prison c'était afin de me convaincre de donner mon bébé à l'adoption. Ton pays n'a pas plus de considération pour les individus que le mien, en l'occurrence les immigrantes sont contraintes d'abandonner leurs enfants contre la promesse d'un passeport. Pour moi c'était hors de question, alors ils m'ont flanquée en cellule. Rien de plus. Mais s'il te plaît n'en parle pas à Liam, il n'en sait rien et franchement ce n'est pas la peine qu'il se reproche ça aussi.

Elle poursuivit d'une voix plus basse :

— Lorsque Liam m'a fait sortir du manoir des Mères il pensait que je pourrais bénéficier d'un statut de réfugiée politique. Ça n'a pas fonctionné comme il le pensait, c'est le moins qu'on puisse dire... J'ai peur qu'il se blâme de ce qui s'est passé, alors qu'en réalité il n'y est pour rien.

Lisa la dévisagea de ses grands yeux bleus à la fois étonnés et incrédules :

— Tu tiens réellement à lui ?

Tamara se rembrunit aussitôt. Elle fourra cahier et stylos dans la besace. Elle se leva en réprimant une grimace, le bébé ayant brusquement décidé de faire quelques saltos ce qui n'était pas des plus agréables.

— Tu t'imagines que ton pays est un Éden et que tout un chacun rêve d'y venir, quoi qu'il en coûte. Mais c'est faux ! Si je suis ici c'est pour Liam, pas pour autre chose. Maintenant pense ce que tu veux, ce n'est pas mon problème, j'en ai d'autres et beaucoup plus importants.

Tout en disant cela, elle saisit son plateau et partit le poser sur un chariot dédié à cet usage. Lisa ramassa précipitamment le sien, fit de même afin de rattraper Tamara qui se dirigeait d'un pas assuré hors de la cantine, ses longues mèches brunes lui battant le dos d'une manière presque rageuse.

Elle posa une main sur son bras, tout en faisant à mi-voix :

— Je suis désolée, je ne voulais pas te mettre en colère. Écoute ne pourrait-on pas essayer de repartir sur d'autres bases ?

Tamara la considéra d'un œil peu amène, tandis que Lisa faisait en souriant :

— Je m'appelle Lisa je suis en classe de Première, j'aime la littérature et je fais du volley. Et toi ?

Le visage fin et pâle de Tamara s'éclaira alors qu'elle répondait :

— Tamara je suis nouvelle. J'ai obtenu mon Diplômât de fin de scolarité l'an dernier, option Sciences. J'aime les maths, le dessin technique et je veux être architecte. J'ai beaucoup pratiqué la gymnastique artistique et ce que je préfère ce sont les barres asymétriques.

Lisa lui renvoya un vrai sourire qui tout soudain illumina son visage. Les deux adolescentes se dévisagèrent amicalement avant de se diriger ensemble vers leur salle de cours.

Chapitre 29

En fin d'après-midi elles rentrèrent toutes les deux ensembles, poussant la porte de la maison en riant. Ella qui était en train de corriger des copies sur la table de la salle à manger les regarda avec effarement : Étaient-ce bien les mêmes filles qui se sautaient à la gorge hier encore ?

À les voir on les aurait crues les meilleures amies du monde.

— Bonne journée les filles ? demanda Ella.

— Oh oui m'an, comme le prof de bio était absent on en a profité pour aller en ville faire du shopping pour Tamara. Bon, je vais faire mes devoirs.

Les deux adolescentes, la grande blonde et la petite brune montèrent dans un semblable ensemble l'escalier tout en devisant allègrement. Ella leva un sourcil d'incompréhension, avant de retourner à ses copies sans vouloir explorer plus avant les mystères adolescents.

Un peu plus tard Tamara descendit un cahier à la main, s'avançant vers elle timidement :

— Ella, pourriez-vous m'aider ? Je dois faire une présentation demain et j'ai des doutes sur certaines tournures grammaticales.

— D'accord fais voir.

Ella parcourut rapidement les quelques pages, avant de relever la tête vers la jeune fille.

— Tu as une maîtrise étonnante du Mooralandien, il y a quelques fautes d'orthographe et mauvais accords de temps mais ce n'est pas grand-chose. Vraiment parvenir à un tel niveau de langue après quelques mois c'est incroyable.

Tamara rougit sous le compliment, tout en faisant :

— Oh c'est que j'ai eu un excellent professeur, c'est tout.

— Sans doute.

Elle hésita une seconde avant d'ajouter :

— Ce récit était très intéressant, j'ignorais tout ce qui t'était survenu. Merci de me l'avoir fait lire cela m'aide à un peu plus te connaître. Tu sais notre histoire à Philippe et moi-même n'est pas si différente de la tienne. J'étais lycéenne et passionnée d'histoire un été j'ai pu participer à l'un des chantiers archéologique, est-ce que cela se pratique encore ?

— À une moindre échelle qu'il y a une vingtaine d'années. Avec la guerre les ressources de l'état partent plutôt en chars et en canons qu'en recherches quelles qu'elles soient. Donc non je n'ai pas participé à l'un de ces chantiers d'été. De nos jours seuls les meilleurs en histoire peuvent y participer tant les places sont limitées.

— C'est dommage car c'était passionnant. Enfin bref j'avais quinze ans, c'était follement excitant de s'échapper ainsi de l'École. Il y avait des lycéens et des étudiants venus de tout le pays. Quelle effervescence si tu avais vu ça ! Un jour je me suis blessée, une stupide coupure à la main pas de quoi fouetter un chat. Je suis donc allée à la tente des secouristes tenue par des étudiants en médecine. C'est là que j'ai rencontré Philippe. Lorsque je l'ai vu mon cœur s'est arrêté. Tout tournait autour de moi alors qu'en même temps tout était exacerbé : La brise qui agitait la toile de tente, l'odeur prégnante d'un désinfectant et son regard bleu qui semblait prendre toute la place…

Ella se troubla une seconde, et rit tout en disant :

— C'est idiot de te dire ça…

Tamara murmura en rosissant :

— Je sais de quoi vous parlez… Quelquefois ce que je ressens pour Liam est si fort que j'en suis subitement oppressée. Lorsqu'il n'est pas là, plus rien n'a la même saveur : Le monde semble devenu terne et inodore.

Ella la dévisagea avec une sorte d'étonnement.

— Oh je ne pensais pas que…

Tamara haussa les épaules tout en lui renvoyant un sourire :

— Que je pouvais l'aimer ? Continuez votre récit je vous en prie.

Ella la considéra une seconde avant de poursuivre :

— Ça a été incroyable et je pense que nous n'avons pas vraiment réalisé ce qui nous arrivait. Je suis tombée enceinte à la fin de cet été-là. Philippe était aux cent coups. Si cela se savait que nous arriverait-il ? Par chance il a pu trouver une filière où acheter des visas de tourisme pour un autre pays, peu nous importait lequel ! Les frontières étaient encore ouvertes avec le Mooraland, nous y sommes donc partis dans un bus pour touristes. Une fois sur place nous avons demandé puis obtenu notre nationalité mooralandienne. Philippe a pu continuer ses études. Ce ne fut pas facile tous les jours, nous étions jeunes, sans argent mais nous nous sommes battus et nous avons réussi à fonder une famille. Voilà toute notre histoire...

Tamara fixa Ella avec une certaine émotion :

— Merci de m'avoir confié tout ça, j'en ignorais tout.

Elle fit, un ton plus bas :

— Merci de m'accueillir ainsi chez vous, cela ne doit pas vous simplifier la vie...

— Ne t'inquiète pas, tu fais à présent partie de notre famille comprends-tu ?

Les jours et les semaines qui suivirent confirmèrent l'évidence de ce qu'Ella avait affirmé. Tamara était devenue un membre à part entière de la famille Mawr. Elle riait et se disputait avec Lisa comme si elle était sa sœur, tandis que lorsque Lowen revenait passer le week-end dans sa famille, étant à l'université le restant de la semaine, il taquinait indifféremment les deux adolescentes les traitant en grand frère ce qui était une révélation pour Tamara... pas toujours agréable ! Lowen à vrai dire avait parfois du mal à comprendre que son frère aîné craque pour cette petite brunette. Cela restait un mystère pour lui. Il se gardait bien toutefois lorsque Liam était là, de faire la moindre réflexion devant lui, le sujet ne semblant pas ouvert à la moindre plaisanterie.

Une vie presque normale se redessinait autour de Tamara, vie qui se confirmerait ou exploserait suivant le jugement émis par la commission. Ce jour-là qui semblait toujours lointain survint presque brutalement. Un matin il fallut se lever et se rendre au tribunal où la commission devrait statuer sur le sort de l'adolescente. Tamara passa un legging noir et un long pull beige qui s'adaptait à la morphologie d'une grossesse à son terme, tout en restant sobre et chic suivant les conseils relooking de Lisa. Ella lui fit une splendide tresse africaine ce qui rendait ses traits un tant soit peu plus matures. Cela ne pouvait qu'être une bonne chose. Philippe prit la tension de Tamara et lui donna un antispasmodique. Tamara n'en dit rien, mais à son avis c'est Philippe lui-même qui aurait dû prendre un cachet : il semblait bien plus tendu et nerveux qu'elle ! Étonnamment elle se sentait plutôt bien. Elle aurait dû être totalement stressée, voire paniquée, surtout avec l'absence de Liam sollicité pour l'une de ses missions. Il ne serait pas là afin de l'épauler et de la soutenir dans cette épreuve. Pourtant avec effarement elle ne pouvait que constater qu'elle était plutôt sereine.

Toute la famille Mawr s'entassa donc dans la petite voiture familiale et partit direction le centre-ville où se trouvait le tribunal. Le bâtiment datant du 18e siècle était impressionnant à dessein. Sitôt que l'on abordait l'imposante volée d'escaliers on se retrouvait écrasé sous le fronton de style faussement Corinthien où résonnait le « Justice, équité, impartialité » maxime des tribunaux mooralandiens. Tous ne pouvaient qu'espérer que ce fut vrai !

À leur arrivée un greffier les assigna dans une minuscule salle d'attente qui sentait le renfermé et le papier moisi. Par les hautes fenêtres un timide rayon de soleil hivernal faisait naître tout un tourbillon de poussière qui s'élevait en un lent tournoiement doré et imperceptible. Après un long moment d'attente et d'ennui où personne n'osa émettre un son, tous perdus dans leurs propres pensées, le greffier vint enfin les délivrer et les conduire à la salle du tribunal où siégeait la commission.

C'est seulement à cet instant, en réalisant pleinement le décorum et la solennité du moment, que Tamara commença à perdre de sa belle assurance. Tout soudain, l'absence de Liam ne fut plus un épiphénomène comme elle s'obstinait à le penser. Elle ne pouvait plus se leurrer : son avenir, l'avenir de son bébé ainsi que celui de Liam se jouait à cette minute même. Les 5 représentants plus le Président du tribunal avaient leur futur à tous trois entre leurs mains. Elle sentit ses jambes mollir redoutablement et l'épaule de Liam aurait été éminemment utile. La voyant devenir tout à coup très pâle, Philippe lui prit le bras tout en lui glissant :

— Allons jeune fille, montre-leur ce qu'est une fille de la Nation. Respire et avance droit vers la barre et ne pense à rien d'autre qu'à Liam. D'accord ?

Elle lui renvoya un regard affolé tandis qu'il la poussait doucement mais fermement dans l'allée. À pas menus qui paraissaient néanmoins résonner dans toute la salle, elle se dirigea vers le centre où se tenait une barre en bois poli par l'usage de milliers de mains : Devant la commission en longues robes noires. Elle posa ses mains en tremblant sur le bois sombre. Elle inspira longuement, s'évertuant au calme lorsque tout à coup un bruit se fit dans le fond de la salle. Les portes s'ouvrirent devant un greffier catastrophé alors qu'une cinquantaine de personnes forçaient le passage et prenaient place dans la salle. Tous les professeurs et les élèves de la classe de Tamara avaient tenu à venir la soutenir. Tamara ne s'attendait en aucune façon à une telle manifestation d'amitié, elle en eut les larmes aux yeux. Elle parcourut l'assistance d'un regard ému, ses compagnons de lycée, la famille Mawr... Certes Liam n'était pas là mais elle n'était pas seule. Rassérénée, elle fit à nouveau face au tribunal.

Le Président prit la parole après avoir exigé le calme et le silence. Il rappela les articles de lois se rapportant à l'obtention de la nationalité et les éléments sur lesquels la commission s'appuierait pour statuer. Le premier étant bien évidemment la maîtrise de la langue. S'adressant alors en Mooralandien à Tamara il fit :

— Tamara Haul la commission ci-présente a étudié votre dossier et va vous poser diverses questions. Acceptez-vous d'y répondre librement ?

— Oui Monsieur le Président.

L'un des membres de la commission lui demanda alors d'exposer brièvement les raisons de sa demande. Elle s'exécuta dans un Mooralandien dont M. Denicet aurait été très fier. Son accent était excellent même si certains sons résonnaient encore de la prononciation mélodique de sa langue natale. Elle s'exprimait clairement dans un Mooralandien soutenu. Tous dans la salle étaient suspendus à ses lèvres. Elle expliqua en quelques phrases concises qui elle était, comment elle était parvenue au Mooraland et pourquoi elle souhaitait y rester. Au fur et à mesure la salle se chargea d'émotions. Nul ne pouvait rester indifférent devant cette si jeune fille qui se tenait si fièrement debout une main posée sur la barre, l'autre soutenant un ventre distendu qui la faisait paradoxalement paraître plus frêle encore. Plusieurs personnes réprimèrent une larme, quant à la famille Mawr ils étaient exsangues tous autant qu'ils étaient !

Seuls les juges restèrent de marbre. Le Président reprit la parole sans faire aucun commentaire sur le récit de Tamara. Il farfouilla dans un dossier placé devant lui avant de faire :

— Nous avons noté votre impeccable maîtrise de notre langue et nous voyons que vous fréquentez un lycée où, si j'en juge par l'arrivée des retardataires, vous êtes parfaitement intégrée. Personne ne peut prétendre à notre nationalité sans volonté d'intégration. J'ai d'ailleurs relatif à ce sujet une demande en mariage officielle de la part du Lieutenant Liam Mawr des Forces d'Interventions Spéciales, avec une proposition de reconnaissance en paternité pour votre enfant à venir.

Sous le coup de la stupeur, Tamara vacilla. Cela faisait plusieurs semaines qu'elle n'avait pu voir Liam, toujours en mission ici ou là. Certes ils restaient en contact étroit grâce au smartphone qu'il lui avait offert, pourtant il ne lui avait parlé de rien. Pourquoi ? Avait-il craint que quelque chose ne se déroule pas comme il l'espérait ?

Sa stupéfaction était toutefois telle qu'elle se mit à trembler. Elle devint d'une blancheur presque translucide, tandis qu'une vague de la violence d'un tsunami lui tordait le ventre. Elle se cramponna à la barre en chancelant, sans plus savoir s'il lui fallait rire, pleurer de soulagement ou de douleur.

Voyant son trouble et son malaise, le Président sortit de son rôle officiel pour la première fois :

— Cela va-t-il aller mademoiselle ? Le lieutenant nous a fait savoir qu'il ne pourrait assister à ce jugement il a cependant tenu à nous informer et ce de manière officielle, de ses intentions. À présent que nous avons tous les éléments en main, la commission va voter afin de statuer sur votre devenir.

Au fur et à mesure qu'il parlait, Tamara se sentait de plus en plus mal, alors qu'une deuxième vague lui tordait le ventre avec plus d'intensité encore que la première. Elle se mordit les lèvres pour ne pas hurler mais ses jambes ployèrent tout à coup, refusant de la porter. Elle s'écroula, s'évanouissant à demi. Philippe Mawr ne réfléchit même pas, il se précipita vers elle tout en lançant au Président qu'il était médecin. Il lui prit hâtivement le pouls, lui tapota les joues afin qu'elle revienne à elle. Lorsqu'elle ouvrit les yeux il se tourna vers le greffier venu en catastrophe, lui intimant brutalement d'appeler une ambulance. Le Président se leva, demandant avec une perplexité grandissante :

— Que se passe-t-il ?

Le docteur Mawr releva la tête, tout en faisant avec une sorte d'incrédulité presque joyeuse :

— Elle va accoucher…

— Maintenant ?

— Pourvu que non ! J'espère que l'ambulance ne va plus tarder et que nous aurons le temps d'aller à l'hôpital.

Tout à coup Tamara tenta de se relever et s'écria faiblement :

— Je ne peux pas avoir le bébé maintenant ! Le jugement… Et Liam n'est pas là… Et…

Philippe Mawr l'obligea à se rallonger à même le parquet tout en guettant l'arrivée des ambulanciers.

— Chut il n'est plus l'heure de penser à quoi que ce soit, ton bébé arrive jeune fille…

Au même moment une équipe de pompiers se précipita avec une civière et malgré les protestations de l'adolescente, ils l'attrapèrent et l'emmenèrent très vite vers une ambulance qui attendait à l'arrière du bâtiment, le moteur tournant au ralenti. Philippe Mawr tenait toujours la main de Tamara. Elle s'accrochait à lui, des larmes ruisselant sur son visage tandis qu'elle marmonnait qu'elle ne voulait pas accoucher sans Liam. Plus bouleversé qu'il le voulait, il se retrouva tout soudain 26 ans en arrière lorsque Liam lui-même était né et qu'une adolescente se cramponnait à sa main ainsi qu'à une bouée de sauvetage de la même manière qu'aujourd'hui. Il refréna l'émotion qui montait en lui tandis que Tamara se tordait sous l'effet d'une contraction, lui broyant les doigts au passage. Il reprit un peu d'emprise sur lui-même ou du moins assez de professionnalisme pour l'aider à maîtriser sa respiration afin de conserver son calme.

Chapitre 30

Le soir de cette journée glissait lentement, chassant insidieusement les derniers rayons de ce soleil hivernal qui teintaient en orange et rose la façade de l'hôpital, léchant les fenêtres des chambres, entrant pour une ultime minute dans l'intimité des patients. Presque timidement il effleura les draps d'une jeune fille étendue dans un lit, ses longs cheveux châtain épars sur les oreillers. Elle semblait dormir, ou du moins avait-elle fermé les yeux. Elle tentait grâce au calme et au silence enfin retrouvé, de rassembler ses idées et ses pensées, submergée par trop d'émotions. L'heure des visites était passée, il avait fallu toute la force de persuasion des infirmières pour que la famille Mawr se décidât à laisser Tamara. Elle se retrouva enfin seule, enfin au calme.

Une ombre cependant passa devant la fenêtre obscurcissant d'un seul coup toute la chambre. Ressentant une présence, alertée par le changement brutal de luminosité, elle ouvrit les paupières. Une imposante silhouette se tenait au pied du lit, dans un contre-jour qui l'empêchait de distinguer ses traits. Effrayée, elle se redressa. Le sang battant à ses tempes, elle le dévisagea avec panique. Il portait des bottes soigneusement cirées qui allaient de pair avec un impeccable uniforme noir, sobrement égayé par quelques cordons de médailles et autres barrettes attestant de son grade. Un écusson porté sur le haut du bras gauche, représentant un loup gueule ouverte, finissait là les exubérances. Il fit un pas en avant, ôtant sa casquette d'officier, tandis qu'un dernier rayon de soleil venait illuminer ses courts cheveux blonds de reflets dorés et rougeoyants. Elle déglutit avec peine. L'homme qui se tenait devant elle était immense. Un colosse aux épaules démesurées, dont la tête touchait presque le plafond de la chambre. Elle le dévisagea avec panique, terrifiée de ne pas apercevoir le moindre tatouage sur son visage.

Elle faillit crier de peur, lorsque soudain il fit d'une voix certainement trop rauque :

— Tamara, c'est moi, Liam…

Elle écarquilla ses immenses yeux verts, pailletés d'or, les lèvres tremblantes tandis qu'il s'approchait d'un pas encore et s'asseyait sur le bord du lit. Poussant un profond soupir de soulagement et de joie sans borne elle se jeta dans ses bras faisant fi de sa perfusion. Il la serra à l'étouffer, glissant ses mains sous la soie de ses cheveux, retrouvant la douceur de ses lèvres sans pouvoir cesser de murmurer :

— Comment vas-tu ? Comment vas-tu ?

Elle rit tout en passant une main hésitante sur son visage, dans ses cheveux courts taillés en brosse.

— Je vais bien. Les toubibs de la Nation ne sont pas des charlots crois-moi, question sélection ils s'y entendent. Aux dires des gynécos' d'ici j'ai eu un accouchement de rêve, deux heures et pas une déchirure ni la moindre difficulté… Enfin à ce qu'ils disent car bon sang j'ai l'impression d'être tombée du dix[ième] étage et qu'ensuite un tram' m'a roulée dessus. Donc je ne veux même pas savoir ce qu'est un accouchement catastrophique si ça, c'était le top !

Il lui sourit ce qui éclaira subrepticement son regard gris, heureux de lui revoir toute sa bonne humeur et sa combativité.

Elle ajouta d'un ton soudain plus doux :

— L'as-tu vu ? As-tu remarqué comme elle est jolie ?

Comme perdu il balbutia :

— Elle… ?

Elle désigna un petit berceau en plexiglas transparent sagement rangé à côté d'une table à langer.

— Ben c'est une fille !

Elle le poussa fermement, tandis qu'il se relevait avec des gestes de somnambule. Il se pencha sur le berceau en proie à une houle d'émotions à laquelle rien ne l'avait préparé. Il jeta un bref coup d'œil et soudain il resta là, rivé à contempler une minuscule petite boule rose qui dormait, son délicat visage appuyé sur ses petits poings, tandis que sa bouche en cœur laissait échapper de petites bulles. Tout à coup elle tendit ses courtes jambes, et commença à produire d'étranges grognements tandis que son joli visage se chiffonnait, en proie semblait-il, à un malaise profondément existentiel.

Liam recula, qu'avait-il fait pour provoquer ça ?

Tamara éclata franchement de rire devant son désarroi avant de lui lancer :

— Prends-la et amène-la moi, elle a faim sans doute.

Il jeta un regard catastrophé à Tamara tout en secouant la tête :

— Je… Je vais la casser… Elle est microscopique !

— Microscopique, tu veux rire ! C'est pas toi qui as dû la faire sortir par des endroits que la morale refuse de citer ! Elle fait trois kilos huit, c'est un bébé tout ce qu'il y a de plus grassouillet et costaud, donc non tu ne vas pas la casser. Prends-la avant qu'elle dépasse les décibels autorisés dans un hôpital.

Il déglutit et lança un coup d'œil au bébé qui se tortillait de plus en plus, ouvrant et fermant ses toutes petites mains, alors que sa bouche tremblotait sur une colère à venir. Résolument il se pencha sur le berceau. Faisant appel à tout son courage, il l'attrapa gauchement comme un paquet. La petite, ravie qu'on daigne prêter attention à elle, stoppa net ses couinements. Il la tint comme il put entre ses énormes mains alors qu'elle ouvrait brusquement les yeux, le considérant avec curiosité. Elle était ronde et tiède dans ses bras, elle sentait le lait, tandis qu'elle le regardait de tout le sérieux de ses grands yeux bleus. Dans un réflexe de préhension, elle agrippa l'un de ses doigts. Les siens étaient si petits que sa main entière ne pouvait en faire le tour. Cela le sidéra alors que son cœur se mettait à trembler, irrémédiablement emporté par cette insignifiance rose et dodue.

La petite se remit à protester ce qui le terrifia. Prestement il se tourna vers Tamara et lui tendit le ballot contrarié. Elle la prit contre elle, la mettant au sein avec une dextérité qui le laissa pantois. Le bébé se mit aussitôt à téter avec une voracité d'affamé.

— Elle... Elle a des yeux bleu marine c'est normal ?

— D'après ta mère tu avais les mêmes, ils se sont éclaircis par la suite.

Il hocha la tête, avant de remarquer :

— Elle n'a pas de cheveux...

Tamara haussa une épaule tout en passant une main sur le crâne de la petite :

— Mais si, elle a un duvet blond. Rassure-toi elle est parfaite. Dis-moi plutôt comment cela se fait que toi tu n'aies plus tes tatouages et que tu aies des cheveux à présent, car ça c'est étrange !

— Les tatoos méca' faisaient partis de mon rôle lorsque j'étais infiltré chez les Commandos, je n'en ai plus besoin à présent. Chez les FIS nous bénéficions d'avancées technologiques qui ne sont pas encore développées pour la commercialisation. J'ai profité des expériences menées par un chercheur sur une crème chargée de stimuler les cellules lymphocytes. Ces dernières évacuent alors toute l'encre restée stockée dans l'épiderme. C'est rapide, indolore et efficace. Pour le reste j'ai toujours eu des cheveux !

Elle ouvrit la bouche, la referma avant de finalement faire :

— Tu n'as plus un seul tatouage ?

Il lui retourna un sourire un brin railleur tout en disant :

— Bah tu n'auras qu'à vérifier à l'occasion…

Elle faillit répliquer, mais s'occupa plutôt de changer le bébé de sein. Cette dernière se jeta dessus avec une gloutonnerie presque sidérante. Tamara la contempla avec attendrissement tout en passant un doigt sur ses joues rebondies qui tressautaient sous la succion. Elle releva la tête et chercha le regard gris de Liam :

— Elle est belle tu ne trouves pas ?

— Pas autant que toi…, fit-il dans un murmure tout en se penchant afin de l'embrasser tandis que la petite, pressait entre eux deux, continuait à téter avec sérénité.

Il se recula enfin alors que le bébé, repu, lâchait le sein en dodelinant de la tête. Sortant un papier de la poche de sa veste noire il le tendit à Tamara. Elle le prit d'une main.

— Qu'est-ce que c'est ?

— Lis, tu verras bien.

Elle releva le bébé et le posa sur son épaule afin de l'inciter à roter, ce qu'elle ne manqua pas de faire. D'un geste fébrile elle déplia la feuille qui n'était autre que le document provisoire de sa toute nouvelle nationalité, délivrée en attendant qu'elle reçoive ses papiers officiels.

Ne pouvant croire ce qu'elle lisait, ne pouvant s'imaginer que tout ce cauchemar était fini pour de bon, elle releva la tête croisant le regard de Liam :

— Je suis mooralandienne ? Est-ce vrai ?

Il repoussa doucement une mèche brun doré qui retombait sur le visage de Tamara, tout en affirmant :

— Oui ça l'est.

Une main machinalement posée sur le dos du bébé qui somnolait sur son épaule en bavant, elle s'accrocha à Liam, des sanglots de soulagement la secouant tout entière, alors qu'un vertigineux sentiment de sécurité la saisissait. Il la serra doucement contre lui, faisant toutefois attention à ne pas heurter sa fille tout autant que si elle était un pack de C4.

— Cela veut dire que nous allons pouvoir être ensemble, tous les trois ? Chuchota Tamara entre ses larmes.

— Oui, toi moi et…

Il hésita puis fit avec embarras :

— Comment s'appelle-t-elle ?

Tamara se redressa, remonta le bébé qui glissait, tandis que son regard s'illuminait en cherchant le sien :

— Elle n'en a pas encore. J'ai pensé que c'était à toi de lui en donner un...

Il blêmit plus déstabilisé et bouleversé qu'à aucun autre moment de sa vie. Doucement Tamara attrapa le bébé qui se recroquevilla en faisant de petits bruits de chiot et le lui tendit.

Avec une émotion trouble de peur et de ravissement absolus, il prit le bébé et le cala maladroitement contre lui, sans même se préoccuper qu'elle bave sur son uniforme. Il sentait son petit corps rondouillet respirer profondément tandis qu'un sourire errait sur ses lèvres minuscules.

Il croisa alors le regard de Tamara. D'une voix étonnement douce, il murmura :

— Que penses-tu d'Espérance...

Juin 2015

ISBN : 979-10-96202-29-4
Isabelle Morot-Sir, République Tchèque
www.isabelle-morot-sir.com
Texte protégé, toute reproduction réservée
Couverture : Evan Leirah
Mise en forme : Jeanne Sélène
Cet ouvrage a fait l'objet d'une première publication
aux Éditions Publibook en 2016
Dépôt légal :
Deuxième trimestre 2018